GOD BLESS YOU, DR. KEVORKIAN

BY KURT VONNEGUT

キヴォーキアン先生、あなたに神のお恵みを

カート・ヴォネガット

浅倉久志・大森望＝訳

早川書房

キヴォーキアン先生、　あなたに神のお恵みを

日本語版翻訳権独占
早　川　書　房

GOD BLESS YOU, DR. KEVORKIAN
by
Kurt Vonnegut

LIKE SHAKING HANDS WITH GOD
by
Kurt Vonnegut and Lee Stringer

Translated by
Hisashi Asakura and Nozomi Ohmori
First published 2023 in Japan by
Hayakawa Publishing, Inc.
This book is published in Japan by
direct arrangement with
Seven Stories Press
c/o The Wylie Agency (UK) Ltd.

装幀／川名 潤
photo © UPI / Alamy Stock Photo

目次

キヴォーキアン先生、あなたに神のお恵みを

浅倉久志・大森 望訳

序

ニール・ゲイマン

カート・ヴォネガットとは、これまでに二度、話をしたことがある。一度めは、彼が生きているときだった。二度めはもっと最近で、彼は死んでいた。

ぼくたちは、この世と天国とをつなぐ青いトンネルの先で会った。

ジャック・キヴォーキアン医師は、天国のはずれを一時的に訪問することまで含め、人びとがどんなふうに生を終えるかについて助言することをもはや許されていない。そこでわたしは、自分なりの方法で行って帰ってきた。その詳細について明かすことはご寛恕《かんじょ》いただきたい。

一度めにカート・ヴォネガットと話したのは、いまから四分の一世紀前のことだ。彼はロンドン滞在中で、ぼくはロンドンで働く若いジャーナリストだった。彼の広報担当者に指示されたとおり、ヴォネガットが泊まっているホテルを訪問したぼくは、インタビューに応じていただけるでしょうかとたずねた。

疲れているので、できればインタビューは受けたくないとヴォネガットはいった。語るべきことはすべて本に書いてあるからね。愛想よくて、疲れているような口調だった。

ぼくは、彼の本が自分にとってどんなに大きな意味があるかを伝えたかった。『タイタンの妖女』と『猫のゆりかご』と『スローターハウス5』は、子どものころに読んで大好きだった本だし、それ以上に、多くを教えてくれた本だった。

生前の彼に、ぼくはそのことを伝えられなかった。

没後のカート・ヴォネガット・ジュニアは、天国の黄金のアーチの外に広がる完璧に手入れされた芝生の芝を刈っていた。

「死後の人びととの出会いを語った本についてお話をうかがいにきました」とぼくはいった。

「WNYCのやつ?」とヴォネガットはいった。「覚えてるよ」

「その本に序文を書くことになっていて、そのためにいくつか質問したいんです」

「正直なところ、できればインタビューは受けたくないね」と彼はいった。それから、ぼくの表情を見て、「なあ。なんでも好きなことを書いていいんだよ。わたしは死んでいる。

気にしないから」

「やめてくださいよ、語るべきことはすべて本の中に書いてあるというのは」

そのとき、彼はぼくを見た。「前にもこのやりとりをしたことがあったかな？」

「まあ、似たようなやりとりは」

「だったら、本のどれかから、なにか引用すればいいじゃないか」そういって、ヴォネガットはにっこりした。「なあ、手を休めて話をしたいのは山々なんだが、この芝生はひとりでにきれいに刈られるわけじゃないんでね」

「ええっと。じゃあ、これはどうですか？『人生の目的は、どこのだれがそれを操っているにしろ、手近にいて愛されるのを待っているだれかを愛することだ』（『タイタンの妖女』より）」

「いいとも」とヴォネガットはいった。「わたしがそういったと伝えてくれ」

二〇一〇年九月

まえがき――WNYCラジオ局のレポーターからあの世に関する一言

わたしの最初の臨死体験は偶然の事故、トリプル・バイパス手術中の麻酔の失敗で起きた。それまでにも、テレビのトークショーで、青いトンネルをくぐって天国の門まで、いや、天国の門の向こうまで行ってから生きかえった人たちの体験談を聞いたことがある。しかし、わたしとしては、そういう危険な冒険旅行に出発する気はさらさらなかった。まず、最初の事故を生きのびたあと、今回ジャック・キヴォーキアン医師と、テキサス州ハンツヴィルの致死注射執行室のスタッフの協力を得て、新しい旅を計画するまでは。

以下の何度かの報告は、WNYCラジオ局が放送目的で録音したものだ。それによって臨場感が伝わることを願っている。毎回ハンツヴィルのタイル張りの死刑執行室で、ストレッチャーに横たわったわたしが固定用ベルトをはずされてからほんの五分ほど後に、録音が行われた。ちなみに、使用されたテープレコーダーは、ストレッチャーとおなじくテキサス州民の財産で、つね日ごろは、天国への経費支払い済み片道旅行に出発する人びとの臨終の言葉を永久に記録するために使われている。

わたしとしては、再度の偶然の事故でもないかぎり、もうこれ以上の往復旅行をする予定はない。いまは家族のために、できれば疾病保険と生命保険に再加入したいと考えている。とはいえ、いずれはほかのジャーナリストたちも、それにたんなる観光客も、このわたしが先鞭《せんべん》をつけた永遠への安全な往復旅行を試みようとするだろう。その人たちに忠告しておきたい。わたしがそう教えこまれたとおり、インタビューの場所は、青いトンネルの出口から天国の門までをつなぐ、長さ百メートルほどの空き地でがまんすること。

わたしも経験から身にしみてわかったのだが、たとえ天国の門の内側にいるインタビュー相手にどれほど会いたくても、偏屈な聖ペテロのその日の気分によっては、二度とあなたを門から外へ出してくれないかもしれない。もし、たとえばあなたがナポレオンに会いたさに天国の門をくぐったとして、結果的には自殺をとげたとしたら、友人たちや身内の人びとがどんなに悲しむことだろうか。そこをよく考えてほしい。

＊

来世に関する信仰について、あるいは信仰の薄さについて一言——すでにご存じの方もおられるだろうが、わたしはキリスト教徒でも、ユダヤ教徒でも、仏教徒でもなく、世間でいうどんな種類の宗教の信者でもない。

わたしはヒューマニストだ。つまり、ある意味でそれは死後のいかなる賞罰をも期待せず、いちおうまともな生き方をしようと努力してきたことを意味する。わたしのドイツ系アメリカ人の先祖は——いちばん遠い先祖は南北戦争時代に中西部に移住したのだが——〝自由思想家〟と自称していた。これもヒューマニストと似たようなものだ。曾祖父のクレメンス・ヴォネガットは、たとえばこんなふうに書いている。「もしイエスの言葉がよいものなら、イエスが神であろうとなかろうと、そこになんのちがいがある？」

このわたしもこう書いたことがある。「もしイエスの『山上の垂訓』に記された慈悲と哀れみのメッセージがなければ、わたしは人間でありたくなかっただろう。それならガラガラ蛇になったほうがましだ」

わたしは全米ヒューマニスト協会、略称Ａ・Ｈ・Ａの名誉会長を務めている。本質的になんの役目もないこの肩書きは、とてつもなく多作な作家で、科学者でもあった、偉大な故アイザック・アシモフ博士からひきついだものだ。Ａ・Ｈ・Ａが前名誉会長のためにひらいた追悼式で、わたしはこう述べた。「アイザックはいま天国におります」これはヒューマニストの聴衆に向かっていえる、最も滑稽《こっけい》な言葉だった。聴衆は抱腹絶倒した。大受けだ！　いくらか厳粛なムードがもどるまでには、何分か待たなければならなかった。

いうまでもなく、わたしがそのジョークを思いついたのは、最初の――偶然起きた――臨死体験より以前のことだった。

めっそうもない話だが、もしわたしが目に見えない聖歌隊かなにかに加わった場合は、だれかにこういってほしい。「あの男はいま天国におります」いったいだれにわかる？　このすべてはわたしの夢であるかもしれないのに。

とにかく、おまえの墓碑銘をいえ、と？　「なにもかも美しかった。もう痛くない」（『スローターハウス5』より）そのときなにごとが起きているにしても、わたしはほっとすることだろう。

＊

ヒューマニストたちは、どんな種類の神についても信頼できる情報を入手していないため、そこそこなじみ深い唯一の抽象概念――つまり、自分たちのコミュニティ――に対してできるだけ奉仕することで満足している。A・H・Aに加入しなくても、ヒューマニストにはなれるのだ。

そう。わたしが死者たちと交わした会話をおさめたこの小冊子は、いくらかのお金を――わたしのためでなく、マンハッタンのダウンタウンにある国立公共ラジオ放送局、略称WNYCのために――稼ぐ目的で作られた。WNYC局は、局のコミュニティとわたしのコミュニティの洗練されたウィットと知恵を向上させている。ほかの商業放送のラジオ局やテレビ局には、もはやそうする余裕がなくなった。WNYC局は、一般人の知る権利を満足させている――羽振りのいい時事評論家や広告宣伝業者のみじめな奴隷たちが、一般大衆の注意をわきへそらし、空虚なたのしみを与えているのとは対照的に。

たしかにWNYC局の大半のスタッフの心は伝統的な宗教で慰められているが、そのスタッフのコミュニティに対する集団的効果はヒューマニズムだ――これはあまりにも世俗的で地道な理想なので、わたしはその頭文字のhを大文字にしたこともない。わたしがここで使っている〝ヒューマニスト〟という言葉は、〝よき市民で、人なみの良識を備えている〟ことの簡便な同義語で、それ以上のなにものでもないのだ。

＊

わたしの願いは、死後になにが待っているにしても、みんなが長く幸福な人生を送ることだ。日焼けどめを忘れずに！　タバコを吸うな。

しかし、葉巻は体にいい。男性の肉体派モデルや、スポーツ選手や、俳優や、美人の妻を持つ富豪の写真を表紙に載せて、葉巻のたのしみを吹聴している雑誌さえあるぐらいだ。なぜ軍医総監がそこへ登場しないのか？　もちろん、葉巻は栄養補給食品であり、砕いたカシューナッツや、グラノーラとレーズンをメープル・シロップに漬け、日に干したものだ。どうです、今夜寝しなにひとつ食べてみては？

銃も体にいい。むかしモーゼを演じたチャールトン・ヘストンに訊いてごらん。なにしろ火薬は脂肪分もコレステロールもゼロ。これはダムダム弾にもいえることだ。銃が葉巻同様に健康にいいかどうかを、あなたの州から選出された上院議員や下院議員にたずねてごらん。

＊

亡くなった叔父のアレックス・ヴォネガットは、わたしの父の弟で、ハーバード大学を卒業後、インディアナポリスで生命保険の外交員をしていたが、読書家で、賢明で、一族のみんなとおなじくヒューマニストだった。アレックス叔父が人間たちに対していだいていた最大の不満は、彼らがめったにいま自分は幸福だと気づかないことだった。

アレックス叔父その人は、いい季節がめぐってくると、それを認めることにやぶさかでなかった。夏の日にリンゴの木陰でレモネードを飲んでいるとき、アレックス叔父はよく会話を中断してこういったものだ。「これがすてきでなくて、ほかになにがある？」

このわたしも気楽で自然な幸福感が訪れたとき、声に出してこういう——「これがすてきでなくて、ほかになにがある？」もしかしてみなさんも、アレックス叔父のこの遺産を利用できるかもしれない。その言葉を叔父のような口調で大きく唱えるたびに、わたしはぱっと気分が明るくなる。

＊

ＯＫ。では、このへんでひとつたのしくやろう。セックスの話をしよう。女の話をしよう。フロイトは、女たちがなにをほしがっているのかよくわからない、といった。だが、わたしは、女たちがなにをほしがっているのかを知っている。女たちがほしがっているのは、おおぜいの話し相手だ。いったいなにを話しあいたいのか？　女たちはあらゆることを話しあいたいのだ。

男たちはなにをほしがっているのか？　男たちはおおぜいの仲間をほしがっていて、他人がこちらの仲間に目くじらを立てなければいいが、と願っている。

なぜ近ごろは、離婚する夫婦があんなにふえたのか？　それは大部分の人たちが、もはや大家族を持たないからだ。むかしは、男と女が結婚すると、花嫁にとってはなにもかも話しあえる相手がどっとふえた。花婿にとっては、くだらないジョークを披露できる仲間がどっとふえた。

少数のアメリカ人は、といってもごくわずかな数だが、いまなお大家族を持っている。ナバホ族とか。ケネディ一族とか。

だが、大多数の人たちにとっては、いまの時代に結婚しても、ひとりの人間のお相手にもうひとりの人間がふえただけだ。花婿には仲間がひとりふえたが、いかんせん、それは女。花嫁にはなにもかも話しあえる相手がひとりふえたが、いかんせん、それは男。

あるカップルが口論をはじめた場合、どちらもその原因はお金か、才能か、セックスか、それとも子どもの育て方か、そんなものだと思うかもしれない。しかし、ふたりがそれとは気づかずに、心の底で言いあっているのは、実はこういうことなのだ――

「これだけじゃ人数がたりない！」

むかし、わたしがナイジェリアで会ったイボ族のひとりは、六百人の親族がいる上に、そのひとりひとりをとてもよく知っていた。彼の妻はちょうど赤ん坊を産んだばかりで、それはどんな大家族にとっても最大の吉報だった。

この夫婦は、その赤ん坊を親族全員、あらゆる年齢とサイズと体型のイボ族にひきあわせる予定だった。その赤ん坊は、自分よりすこし前に生まれた赤ん坊のいとこたちにも会える。その赤ん坊を抱けるだけのサイズと力を備えた親族全員が、その赤ん坊を抱き、あやし、片言で話しかけ、そして、なんと美人だろう、それとも男前だろう、と褒めそやしてくれる。

あなたもその赤ん坊の身になってみたいでしょう?

＊

このだらだらとしたまえがきの長さは、英語圏の歴史を通じて最も簡潔で効果的な文章にくらべると、約四倍もある。その簡潔な文章とは、ゲティスバーグの戦場で行われたエイブラハム・リンカーンの演説だ。

リンカーンは、銃を持つ権利を行使中の大根役者に撃たれた。アイザック・アシモフやアレックス叔父とおなじように、リンカーンもいまは天国にいる。

＊

以上で今回の放送、といっても紙上でのそれを終わります。いまは名誉職となった来世リポーター、カート・ヴォネガットでした。

さよならバイバイ。それともまた、これが天国への最後の往復旅行であることをわたしが聖ペテロに伝えたとき、彼が茶目っ気たっぷりなウインクとともにいった言葉を借りれば——「また会おうぜ《シー・ユー・レイター》、ワニ君《アリゲイター》」

K・V
一九九八年十一月八日および一九九九年五月十五日

けさの臨死体験で、まだ赤ん坊のうちに死んだ人がどうなるのかを知った。それがわかったのは偶然だった。というのも、わたしが青いトンネルを通ってインタビューに赴いた相手は、去る三月二十一日、ヴァージニア州シャーロッツヴィルで八十五年の生涯を閉じたメアリー・D・エインスワース博士だったからだ。彼女は、発達心理学者として現役を退いたあとも、死ぬまで研究をつづけた。

ニューヨーク・タイムズが載せたえらく好意的な死亡記事によれば、エインスワース博士は、人生の最初の一年間に結ばれる乳児と母親の絆の――もしくは育児放棄による絆の欠如の――長期的影響について、だれよりも深く研究してきたという。博士は母親のいない赤ん坊についてロンドンで研究し、その後はウガンダで、さらにはこのアメリカでも、あらゆる種類の母親による接触行動《マザーリング》もしくはその欠如について研究してきた。

そして、説得力のある科学的証拠とともに、乳児が育つためには、人生の始まりにおいて、母親またはそれに類する存在としっかりふれあうことが必要だという結論をくだした。そうでなければ、子どもたちはいつまでも不安なままでいることになる。

わたしは、自然対養育という問題について、および、新生児のときに自分が受けたマザーリング——それがわたしという人間を説明するのに役立つかどうか——について、博士とすこし話がしたかった。

しかしエインスワース博士は、自分の理論が天国で証明されたと興奮した口調でべらべらしゃべりつづけた。地上で同業の心理学者たちから授かったすべての栄誉などどうでもいい。天国には、赤ん坊のときに死んだ人びとのための新生児室や保育所や幼稚園があることが判明したのである。みずから志願した代理母や、ときには（もし死んでいたら）それらの赤ん坊の本物の母親たちが、幼い魂たちと一心不乱に絆を結ぶ。抱っこ、抱っこ、抱っこ。キス、キス、キス。泣かないで、小さな赤ちゃん。ママはあなたが大好きよ。きっとゲップね。なかなか出ないの？　よしよし。もうだいじょうぶ？　ねんねの時間よ。すーすーすー。

そして赤ん坊たちは天使に育つ。天使はそこからやってくる！

以上、カート・ヴォネガットが、テキサス州ハンツヴィルの致死注射施設からお伝えしました。ではまた次の機会に。すーすーすー、バイバイ。

けさ、制御臨死体験のおかげで、わたしは幸運にも、青いトンネルの向こうで、サルバトーレ・ビアジーニという名の男性と会った。去る七月八日、引退した建設作業員であるビアジーニ氏（七十歳）は、ニューヨーク市クイーンズ区において、チェリという名のピットブルの攻撃から、愛犬のシュナウザー、テディを救おうとしている最中に心臓発作を起こして死亡した。

問題のピットブルに、人間もしくは動物を襲った前歴は一度もなかったが、鎖をつけられていなかったチェリは、高さ四フィートのフェンスを跳び越えると、テディに襲いかかった。心臓に既往症があり、武器を携行していなかったビアジーニ氏は、テディを逃がそうとして、ピットブルをつかんで押さえつけた。そのため、ピットブルはビアジーニ氏の体に数カ所にわたって噛みついた。ビアジーニ氏の心臓はそのショックで鼓動をやめ、二度と拍動することはなかった。

わたしは、この英雄的なペット愛好者にたずねてみた。テディというシュナイザーを救うために死んだことを、自分ではどう思いますか？　彼は答えた。ベトナム戦争でまったくなんの意味もなく死ぬよりはよっぽどましだよ。

けさの制御臨死体験のあと、わたしは文字どおり胸が張り裂けそうだった。天国に通じる青いトンネルの向こうまでテープレコーダーを持っていって録音してくるすべがないことがほんとうに残念でならない。故ルイ・アームストロングが率いるニューオリンズ・スタイルのブラスバンドが、「聖者が街にやってくる」の名演奏で新人を迎えるなんてことは、いまだかつて一度もなかった。新たな死者一千万人につきひとりにしか与えられない、このきわめてまれで楽しい栄誉にあずかったのは、バーナム・バーナムという名の、白人の血が混じるオーストラリアのアボリジニだという。

一九世紀に白人の入植者がやってきたとき、オーストラリアおよびその近くのタスマニア島の原住民は、地球上のどの民族よりもシンプルかつ原始的な文化を持っていた。原住民は、ネズミと同様、心も魂もない害獣と見なされ、銃や毒で殺された。ようやく一九六七年になって、バーナム・バーナムが率いるデモのおかげで、オーストラリアのアボリジニの生存者たちに市民権が与えられた。バーナム・バーナムは、アボリジニではじめてロー・スクールに進んだ人物だった。

タスマニアに生存者はいなかった。わたしは、WNYCで紹介するため、タスマニア人についてのコメントを彼に求めた。バーナム・バーナムはいった。われわれが知るかぎり、完全な成功をおさめた民族虐殺《ジェノサイド》は歴史上でたったひとつしかない。タスマニア人はその唯一のジェノサイドの犠牲者だ。

ルイ・アームストロングは、わたしたちの会話に割り込んで、こういった。タスマニア人は、いい教師に出会いさえすれば、だれよりも才能があって知的な人たちだ。いまのバンドのメンバーにも、タスマニア人がふたりいる。ひとりはクラリネット、もうひとりはスライドトロンボーンですごいガットバケットが吹ける。

以上、WNYCの死後の世界レポーター、カート・ヴォネガットがお伝えしました。

きょうの制御臨死体験はほんとうに難物だった！　わたしはジョン・ブラウンにインタビューした。彼の遺体は墓の中に横たわって朽ちているが、彼の真実はいまも進みつづけている。いまから百四十年前の十月二日、彼はヴァージニア州に対する反逆罪で絞首刑に処された。彼は、わずか十八人の反奴隷主義者を率いて、ヴァージニア州ハーパーズ・フェリーにある無防備も同然の連邦兵器庫を占拠したのである。どんな計画だったかって？　奴隷に武器を渡し、主人に反抗させること。自殺行為だ。

法に忠実な市民たちが四方八方から発砲し、彼の部下のうち八人が死亡した。その中の二人はジョン・ブラウンの息子だった。彼自身は、憲法遵守を誓った米国海兵隊の一部隊の捕虜となった。指揮官はロバート・E・リー大佐だった。

天国のジョン・ブラウンは、絞首台のロープをネクタイのように首に巻いている。それについてたずねると、ジョン・ブラウンはこう訊き返した。

「おまえのは？　おまえのロープはどこだ？」

彼の目は光るコインのようだった。

「血を流すことなく罪の赦しはない」と彼はいった。新約聖書「ヘブライ人への手紙」九章二十二節の言葉だ。

わたしは、彼が絞首台に向かう途中、嘲りの言葉を大喜びで投げつけてくる白人たちの列の前で口にした言葉を誉めたたえた。引用しよう。「ここは美しい国だ（This is a beautiful country）」。彼はたった五つの単語で、文明国が犯したホロコースト以前で最もおぞましい合法的残虐行為の恐怖全体を簡潔に表現したのである。

「奴隷制度はアメリカの法律のもとでは合法だった」と彼はいった。「ホロコーストはドイツの法律のもとでは合法だった」と彼はいった。

ジョン・ブラウンは、トリントン生まれのコネチカット・ヤンキーだった。彼はいった。かつて、トマス・ジェファーソンという名のヴァージニア人がいた。ジェファーソンは、わずか六つの単語で神を表現した。すなわち、「すべての人間は平等につくられている（All men are created equal）」。

ジェファーソンが死んだとき、ブラウンは二十歳だった。

「非の打ちどころのないこのジェントルマンは、洗練され、科学的で、聡明だった」とブラウンはつづけた。「彼は奴隷を所有していながら、この比類ない聖なる言葉を書くことができたのだ。教えてほしい。ジェファーソンの実例が意味することを理解しているのは、ほんとうにわたしだけだろうか？　つまり、この美しい国は、そもそもの始まりから、有色人が白人に隷従することが自然法とまったく矛盾しないと見なされるような邪悪な社会だったのだ」

「話を整理させてください」わたしはいった。「つまり、ジョージ・ワシントン以降、この国でおそらく最も愛されている建国の父、トマス・ジェファーソンが、邪悪な男だったと？」

「わたしの死体が墓の中に横たわって朽ちていくあいだ」とジョン・ブラウンはいった。「それをわたしの真実として、進みつづけてもらうことにしよう」

（「リパブリック讃歌」の一節の合唱）（「リパブリック讃歌」は南北戦争での北軍の行軍曲。「ジョン・ブラウンの遺体は墓の中に横たわって朽ちていく」「彼の魂は進みつづける！」という詞のあと、よく知られた「Glory, glory, hallelujah! His soul's marching on!」のコーラスが続く）

以上、カート・ヴォネガットが、テキサス州ハンツヴィルの致死注射施設からお伝えしました。ではまた次回、バイバイ。

きのうの制御臨死体験では、天国の門を入ってすぐのところで、ロバータ・ゴーサッチ・バークとおしゃべりした。彼女は、地上にいたころ、七十二年間にわたって、アーレイ・A・バークと結婚していた。一九五五年から一九六一年まで海軍作戦部長を務めたバーク提督は、海軍を核時代へと導いた人物だ。

七月、彼女は九十八歳で死んだ。バーク提督は、その一年前に九十九歳で亡くなったている。

二人は一九一九年、バークが海軍兵学校の一年生だったとき、ブラインド・デートで知り合った。その日のデートにはもともとロバータの姉が行くはずだったが、土壇場でロバータが代役を務めることになった。運命の出会いだった。

四年後、ふたりは結婚した。現世での例が示すとおりなら、彼らはきっと青いトンネルの向こうで永遠に結婚生活をつづけるだろう。彼女はわたしにいった。「どうして遊びまわるの？」

クリントン大統領は、バーク提督の葬儀の折、まだ一年の寿命を残している彼女に向かってこういったそうだ。

「あなたの貢献はアメリカにとって祝福でした。あなたはこんにちの、また未来の海軍の妻たちのみならず、すべてのアメリカ人の模範でした」

ロバータ・ゴーサッチ・バークが地上の墓標に選んだシンプルな銘は『船乗りの妻』だった。

テキサス州ハンツヴィルの致死注射施設で、ジャック・キヴォーキアン医師は、わたし専用になったストレッチャーの固定用ベルトをはずした。ジャックが監督した制御臨死体験は、これで十五回めになる。やったな、ジャック！　けさ、青いトンネルを抜けて天国の門に向かう途中、いまから六十年前に死んだ偉大なるアメリカ人弁護士、クラレンス・ダロウがわたしに会いにきた。法廷にテレビカメラを入れることについての持論をWNYCのリスナーに聞かせることが目的だった。

「大歓迎だよ」意外に思うかもしれないが、彼はそういった。傑物の名声高いこの弁護士は、オハイオ州のちんけな田舎町の出身だ。

「テレビカメラが入ることで、ついに明らかになるのは」と、ダロウはわたしに向かっていった。「いかなる時代のいかなる場所でも、司法制度《ジャスティス・システム》は正義が実現されるかどうかなど気にかけたためしがないということだ。古代ローマの闘技会と同様、司法制度は、不公正な政府が――不公正でない政府など存在しない――人間の命を危険にさらして大いに楽しむための手段なのだ」

ダロウ氏は、草創期の労働組合のオルガナイザーや、歓迎されない科学的事実を説いた教師たちを法廷で雄弁に弁護し、人種差別を声高に侮蔑し、死刑を呪うことで、アメリカの歴史をいちじるしく人道的なものにしてくれた。わたしはそのことについて彼に感謝を述べた。すると、いまは亡き偉大な弁護士、クラレンス・ダロウは、ただこういった。

「わたしは楽しませることにベストをつくした」

きょうはここまで。なあ、ジャック、ダウンタウンでうまいテックス・メックス料理を食べようじゃないか。

自分は半分しか死んでいない身で、完全に死んだ人びとにインタビューしはじめてから、かれこれ一年近くになる。その間わたしは、わたしの個人的なヒーローに会わせてほしいと何度も聖ペテロに懇願した。おなじインディアナ州人《フージャー》で、インディアナ州テレホートの故ユージン・ヴィクター・デブスである。この国にまだ強力な社会党があった時代に、社会党の大統領候補に五回も選ばれた人物だ。

そしてきのうの午後のこと、なんと、ユージン・ヴィクター・デブスその人が、青いトンネルの向こうでわたしを待っていた。彼は、アメリカの主要産業である鉄道において、史上はじめてストライキを成功させたオルガナイザーであり指導者である。わたしたちはそのときが初対面だった。この偉大なるアメリカ人は、一九二六年、わたしがまだ四歳だったとき、七十一歳で亡くなっている。

わたしは、彼の言葉を講演で何度も引用させてもらっていることに感謝を述べた。その言葉とは、「下層階級があるかぎり、わたしはその中にいる。犯罪分子が存在するかぎり、わたしはそこに属している。だれかひとりでも牢獄にいるかぎり、わたしは自由ではない」。

彼は、この言葉が現世のアメリカでいまどんなふうに受けとられているかとたずねた。馬鹿にされています、とわたしは答えた。「みんな鼻を鳴らして冷笑するんです」

最も急成長している産業はなにかと彼はたずね、わたしは「刑務所の建設です」と答えた。

「そりゃひどいな」といってから、最近、山上の垂訓はどのくらい浸透しているのかと彼はたずねた。それから、翼を広げて飛び去った。

こちら、カート・ヴォネガット。

けさの制御臨死体験では、ハロルド・エプスタインとコンチネンタル・ブレックファストを食べた。彼は最近、ラーチモントの一・五エーカーの地所で死去した。年齢は九十四歳。自然死といってもいいような死にかただった。公認会計士だったこのやさしい男は、三十四年前に心臓発作を起こしたあと、やさしい妻のエスタとともに、彼自身が〝庭園の狂気〟と呼ぶものに身を委ねた。

エスタ・エプスタインはまだこの世にとどまっているし、いまこの放送を聞いていてくれたらいいと思う。ハロルドとエスタは、四回にわたってともに世界を周遊した。アメリカの庭園のためにすばらしい新たな植物を探すことが目的で、じっさいしばしば新種を発見した。どちらも園芸学の専門的な教育は受けていなかったが、ハロルドの魂が天国で古い肉体を新しい肉体と交換したとき、彼は全米ロックガーデン協会と、グレーターニューヨーク蘭協会と、全米シャクナゲ協会北東支部の名誉会長だった。

心臓発作後の彼の長い人生を要約して伝えるために、WNYCのリスナー向けのコメントがほしいと本人にお願いしたところ、彼はいった。

「唯一の後悔は、だれもがわたしたちのようにしあわせではいられないということです」

故ハロルド・エプスタインによれば、彼が天国に着いて最初にしたことは、いままで一度も見たことがない花を摘んでから、庭園の狂気という貴重な贈りものに対して神に感謝することだったという。

ジャック・キヴォーキアンとわたしは、彼の監督のもとで行っている制御臨死体験のリスクをすべて把握しているつもりだった。しかしきょう、わたしは死んだ女性と恋に落ちた！　彼女の名はヴィヴィアン・ハリナン。

彼女に会いたいと思ったのは、ニューヨーク・タイムズの死亡記事の見出しにあったひとつの単語がきっかけだった。いわく、『ヴィヴィアン・ハリナン、88歳。西海岸のカラフルな家族の大黒柱』。カラフルな人――いや、家族まるごとカラフル――というのは、どういう存在だろう。わたしはこれまで、傑出した人や、影響力のある人、勇気のある人、カリスマ性のある人などなどに、あの世でインタビューしてきた。しかし、いったい〝カラフル〟とは？　同義語がふたつ考えられる。〝滑稽〟もしくは〝キュート〟。

いま、その謎が解けた。ニューヨーク・タイムズがいう〝カラフル〟とは、信じられないほど外見が美しく、人当たりがよくて、金持ちだが、でも社会主義者だという意味だ。

〝カラフル〟の話がしたい？　ヴィヴィアンの夫で弁護士だった故ヴィンセント・ハリナンは、不動産業で大金を稼ぎ、一九五二年に進歩党の候補者としてアメリカ大統領選挙に出馬した！　カリフォルニア州でも、こんなに滑稽でキュートな人物になれるんだ。

彼らがどんなに滑稽でキュートだったかを示すエピソードをひとつ。ヴィンセントは、マッカーシー時代に共産主義者として告発された労働運動の指導者ハリー・ブリッジスを騒々しく弁護して、六カ月服役した。ヴィヴィアンは一九六四年の公民権運動のデモで淑女らしからぬ振る舞いをしたため、三十日間、ムショにぶちこまれた。

そして、よく聞いてください。五人の息子たちは全員、ヴィヴィアンといっしょにデモに参加したが、そのうちのひとり、テレンスの現在の仕事は、サンフランシスコの地方検事！

天国では、何歳でも好きなときの自分の姿になれる。わたしの父親はたった九歳の姿。ヴィヴィアン・ハリナンは永遠に二十四歳でいることを選んだ。いやもう、たいへんな美女だ！　わたしは彼女に、〝カラフル〟と呼ばれることをどう思うかたずねた。

彼女はこう答えた。どうせなら、フランクリン・D・ルーズベルトが敵に呼ばれたように呼ばれたいですね。〝階級の裏切り者〟と。

新しい制御臨死体験のあと、いまキヴォーキアン先生がわたしをストレッチャーの固定ベルトからはずしたところだ。今回の旅で、わたしは幸運にもアドルフ・ヒトラーその人にインタビューできた。

ヒトラーが第二次世界大戦で、たとえどれほど間接的であろうとも、三千五百万の人びとに非業の死をもたらしたことを深く後悔していることを知って、わたしは満足を感じた。もちろんその死者のなかには、彼と愛人のエヴァ・ブラウンも含まれる。四百万のドイツ人と、六百万のユダヤ人と、千八百万のソ連人、などなどといっしょに。

「ほかのみんなと同様、わたしもそれなりの報いを受けた」とヒトラーはいった。

ヒトラーの希望は、ささやかなモニュメント、キリスト教徒であるからには、たとえば石の十字架を、できればニューヨークの国連本部の敷地に建ててほしい、というものだった。そこに刻むのは自分の名前と、一八八九年―一九四五年という文字。その下にはドイツ語で二語のセンテンス——「エンツシュルディゲン・ジー」を入れるべきだ、と。

ざっと英語に翻訳すると、それはこんな意味になる。「ごめんなさい」それとも、「失礼しました」

きょうの制御臨死体験では、ジョン・ウェスリー・ジョイスと話した。六十五歳で死んだ彼は、元警官で、マイナーリーグの元野球選手。一九六六年から、一九九六年に店が潰れるまで、ニューヨークのグリニッジ・ヴィレッジで、ライオンズ・ヘッド・バーを経営していた。大酒飲みでおしゃべり好きな作家のたまり場として、アメリカでいちばんよく知られた店だった。ある批評家は、店の客層を〝書けないという悩みを抱えた酒飲みたち〟と表現した。

故ジョイス氏は、自分のバーを作家たちが勝手に社交クラブにしたのだと語った。彼にとってそれは、あまり愉快なことではなかった。ジュークボックスを設置したのも、作家たちのおしゃべりの邪魔をするためだったという。

しかし、彼らは店に来ることをやめなかった。「もっと大きな声で話すようになっただけだったな」とジョイス氏はいった。

こちらＷＮＹＣの「死後の世界」レポーター、カート・ヴォネガット。

きのうの制御臨死体験では、光栄なことに、フランシス・キーンと話すことができた。ロマンス語の専門家で児童文学作家だった彼女は、去る六月二十六日、膵臓がんのため八十五歳で死去した。ニューヨーク・タイムズに掲載された死亡記事は、おおむね好意的なものだが、最後の最後、以下の辛辣な一文で彼女の足をすくっているように見えた。いわく、『彼女の三度の結婚はいずれも失敗に終わった』。このことについてたずねると、彼女は肩をすくめ、三種類のロマンス語を混ぜて答えた。

「Así es la vida」と彼女はいった。

「C'é la vita」と彼女はいった。

「C'est la vie」と彼女はいった（スペイン語とイタリア語とフランス語で「それが人生」の意）。

それから――「放っといてちょうだい（Go fly a kite）！」

制御臨死体験中に、わたしは一七二七年に没したサー・アイザック・ニュートンにたびたび出会った。聖ペテロに出会った回数とおなじぐらいにたびたび。このふたりは、いつもあの世の青いトンネルの天国側をぶらついていた。聖ペテロがそこにいるのは、それが仕事だからだ。サー・アイザックがそこにいるのは、青いトンネルの正体と、青いトンネルの仕組みに関する、飽くなき好奇心のためだ。

ニュートンにしてみれば、下界で暮らした八十五年間に、微積分を発明し、重力や、運動や、光学の法則の体系化と定量化をやってのけ、最初の反射望遠鏡を設計しただけでは物足りなかった。進化論をダーウィン、細菌学をパストゥール、相対性理論をアルバート・アインシュタインにゆだねたことで、ニュートンは自分が許せなかったのだ。

「あれらの理論を思いつかなかったとは、当時のわたしはよほど呆けた頭をしていたにちがいない」とニュートンはいった。「どれもこれもわかりきったことなのに」

わたしの仕事は、WNYC局のために故人にインタビューすることだが、故サー・アイザック・ニュートンは、逆にわたしにインタビューした。ニュートンはほんの一度でいいから、ぜひとも青いトンネルをくだる片道旅行をしたいという。彼は青いトンネルがどんな材料でできているのか、繊維か金属か木材かそれともほかのなんであるかを知りたがった。あれは夢を作る材料でできているのです、とわたしは教えたが、これはますます彼の不満をあおりたてただけだった。

聖ペテロはニュートンの前でシェイクスピアの名文句を引用した。「天と地のあいだにはな、ホレーシオ、おまえの哲学ではうかがい知れぬことが存在するのだ」（『ハムレット』第一幕五場）

いまさっき、ピーター・ペレグリーノにインタビューした。彼は、去る三月二十六日、ペンシルヴェニア州ニュータウンの自宅で死去した。八十二歳だった。ミスター・ペレグリーノは、全米気球連盟の創立者で、アルプス山脈を熱気球で越えた初のアメリカ人であり、全米飛行家協会の気球記録認定委員と、連邦航空局の気球パイロット試験官を務めた。

気球乗りだったことはあるかと彼に訊かれて、わたしはノーと答えた。場所は、天国の門の外。わたしはもう、中には入れてもらえない。もしこんど中に入ったら、わたしを天国の門番にするぞと聖ペテロは言う。

聖ペテロはペレグリーノに、わたしが死んでいないこと、ただの臨死体験中で、すぐまた生者の世界にもどることを説明する。

それを聞いて、ペレグリーノはいった。「後生だから、あんた——まだ時間があるうちにプロパンガスのボンベと気球をひとつ買いなさい。でなきゃ、天国がどんなところかなんてわかりっこない！」

聖ペテロが異を唱えた。「ミスター・ペレグリーノ、ここが天国なんだよ！」

「そんなことがいえるのは」とペレグリーノはいった。「熱気球でアルプスを越えたことが一度もないからだ！」

聖ペテロはわたしに向かっていった。「あなたには気球に乗る時間があるだけじゃない。『天国とその不平分子』というタイトルの本を書く時間まであるかもしれない」

聖ペテロはペレグリーノに向かって、もちろん皮肉をこめてこういった。「もし、あんたが地上でコカインをやっていたら、天国はやっぱり期待はずれだっただろうね」

「ビンゴ！」ペレグリーノはいった。

彼は子どものころから、自分の居場所は地上ではなく、空の上だと知っていたそうだ。いわく、「川岸の地面でバタバタしている魚が、自分の世界は水の中だと知っているみたいにね」

飛べる年齢になるとすぐ、彼は第一次世界大戦当時のジェニー（カーチス社が開発した複葉練習機）から民間輸送機まで、あらゆる種類の飛行機の操縦桿を握って空に上がった。

「しかし、プロペラで空を切り裂き、騒音と排気ガスで空を汚していると、自分が侵略者とかエイリアンになったような気分だった」と彼はつづけた。

「気球に乗ったのは三十五歳になってからだ。そのとき、夢がかなったよ。あれは天国だった。なのにおれはまだ生きていた。おれは空になった」

以上、カート・ヴォネガットが、ハンツヴィル州立刑務所から、ジャック・キヴォーキアンの監督のもとでお伝えしました。ではまた次の機会に。さよなら。

きょうの制御臨死体験では、マーティン・ルーサー・キング殺害の犯人とされるジェイムズ・アール・レイに会いにいった。天国を長く遠く探すまでもなく会うことができた。彼は、一九九八年四月二十三日、肝不全のために死んだ。しかし、聖ペテロによれば、いまのところ彼は、天国の門の向こうで彼を待つ永遠の生に向かって、ただの一歩も踏み出していないという。

理解力に問題があるわけではない。彼のＩＱは１０８で、一般的なアメリカ人の知能に照らせば、ゆうに平均を上回っている。

彼がわたしに語ったところでは、自分専用の独房がつくられるまで、永遠の生に足を踏み入れるつもりはないという。いつまでも居心地よく過ごせる唯一の方法は独房に入ることだと彼はいう。独房の中でなら、どんなに長い時間が過ぎてもちっとも気にならない。じっさい彼は、sで始まる卑語《ワード》を使って、どんなにクソ《shit》長い時間が過ぎてもかまうもんかといった。

彼の言葉は、お願いだから言葉に気をつけてくれという聖ペテロの懇願にもかかわらず、アフリカ系アメリカ人を指すnワードがふんだんにちりばめられていた。彼にいわせれば、あのn野郎（キング博士のこと）の言葉や理想がこのカス世界でこんなバチクソに有名になると知っていたら、あのn野郎を撃ち殺したりしなかった。

おれのせいで、白人のガキは、あのn野郎が、ジョージくそワシントンみたいなアメリカの英雄かなんかだと教えられている。おれが撃ったタマのせいで、あのn野郎がいったクソが石碑に刻まれてクソ金の象嵌がしてあるっていうじゃないか」

テキサス州くそハンツヴィルのクソ一流致死注射施設から、カート・ヴォネガットがお伝えしました。

今回の制御臨死体験では、ウィリアム・シェイクスピアをインタビューすることになった。会見は不調だった。シェイクスピアはわたしのしゃべる方言が、これまでに聞いた最も耳ざわりな英語で、「平土間の観客の耳をつんざく役にしか立たん」(『ハムレット』第三幕二場)という。いったいどこの訛《なま》りかと問われ、わたしは答えた。「インディアナポリス」

わたしは『恋におちたシェイクスピア』という映画がアカデミー賞を軒並みかっさらったことにお祝いを述べた。その映画の目玉になったのが、彼の戯曲『ロミオとジュリエット』だったから。

シェイクスピアは答えた。アカデミー賞も、あの映画そのものも、「まぬけの話す物語そっくり、やたらに騒々しいばかりで、なんの意味もありはせん」(『マクベス』第五幕五場)

わたしは思いきってこうたずねてみた。世間でシェイクスピア作品とされている芝居や詩は、ぜんぶあなたが自分でお書きになったものですか、と。「われわれがバラと呼ぶあの花をどんな名前で呼ぼうとも、その香りはおなじように芳《かぐわ》しいはずだ」（『ロミオとジュリエット』第二幕二場）と彼はいった。「聖ペテロに訊いてみろ！」よし、そうしてみよう。

　わたしの次の質問はこうだった。あなたは女性だけでなく、男性とも恋愛関係があったのですか？　WNYC局の聴取者たちが、この疑問にどれほど決着をつけたがっているかを知っていたからだ。しかし、シェイクスピアの答えは、どんな動物でも持ちあわせている愛情を褒めたたえたものだった。

「われわれは、さながら日なたでじゃれあってはメエメエと鳴きかわす、双子の子羊だった。われわれがとりかわしたのは、無邪気な心と心だけだ」これはわたしがいままで耳にしたなかで、最高にソフトコアなポルノといえるだろう。

　このあたりでシェイクスピアはわたしに愛想をつかしたようだ。事実、彼がこのリポーターにいった言葉は、どこかでせんずりでもかいてろというのに近い意味だった。「尼寺へ行け！」（『ハムレット』第三幕一場）彼はそう言い捨てると、どこかへ行ってしまった。

　青いトンネルまでひきかえしたわたしは、とてもまぬけな気分だった。古今を通じて最高のあの作家になにをたずねても、それに対する魅力的な答えは、すでに『バートレットの引用句辞典』のなかに出ていたわけだ。無邪気な心と心をとりかわしたという名文句の出典は、『冬物語』（第一幕二場）だった。

シェイクスピアが果たしてシェイクスピア作品を書いたのかどうかを、聖ペテロにたずねることだけは、いくらこのわたしでも忘れなかった。聖ペテロによると、これまで天国に——ついでながら、地獄は存在しない——到着した人間のうち、自分がシェイクスピア作品の書き手だと主張した者はほかにだれもいない。聖ペテロはこうつけたした。「ただし、わたしの嘘発見器テストにかけられることを承諾した連中にかぎられるがね」

というわけで、屈辱を味わい、自己嫌悪におかされた、舌ったらずで、ろくに読み書きもできないインディアナ州出身の三文文士、カート・ヴォネガットの放送を終わります。きょう最後の質問は——「生きるべきか、死ぬべきか？」（『ハムレット』第三幕一場）

これまでのわたしは、インタビュー相手である故人の名前をわざと隠して気をもたせたりしなかったが、今回はちがう。みなさんが画期的なアイデアの歴史にどれほどくわしいか、ここでためしてみよう。

まずはじめに——この元地球人は、はたちにもならないうちに、たとえばパストゥールの細菌説や、ダーウィンの進化論や、マルサスの過剰人口への恐怖など以上に、今日の知識人の心をとらえて放さない問題を、一冊の本に書いた。

ヒントその二——血統がものをいう。この信じられないほど早熟な作家の母親も、やはり有名作家だった。彼女の本の何冊かにさし絵を描いたのは、ほかならぬウィリアム・ブレイクだ！　考えられますか、自分の本にウィリアム・ブレイクのさし絵がつくとは！　彼女が最も情熱をかたむけたテーマは——女性の権利が男性と平等に扱われること。

この謎の物故作家の父親もやはり作家で、反カルヴァン派の牧師だった。彼の書いた最も記憶に残る名文句は――「神ご自身にさえ、暴君になる権利はない」

こうした偉い両親の友人は、どんな顔ぶれだったのか？　そのうち何人かの名前を挙げるなら、ウィリアム・ブレイク、トマス・ペイン、それにウィリアム・ワーズワース。

ヒントその三――この女性はある有名人と結婚したが、この夫は自作の詩とおなじぐらい、ロマンチックで無軌道な生活ぶりでも有名だった。たとえば、彼は最初の妻の自殺の原因を作りだした。そして、いともロマンチックなことに、三十歳の若さで溺死した。

降参ですか？　わたしがきょう天国で話をした相手は、メアリ・ウルストンクラーフト・シェリーだ。くりかえすようだが、彼女ははたちにならないうちに、古今を通じて最も先見性と影響力を持つSF小説『フランケンシュタイン――あるいは現代のプロメテウス』を書いた。それが一八一八年のこと。毒ガスや、戦車や、飛行機や、火炎放射器や、地雷や、いたるところに張られた鉄条網というフランケンシュタイン的発明をもたらした第一次世界大戦の終結よりも、まる一世紀も前のことだった。

わたしは、アメリカが広島と長崎の無防備な男女や子どもたちの頭上に投下した原子爆弾について――しかも、その暴挙をまたくりかえすと公言していることについて――メアリ・シェリーの意見を求めたかった。しかし、今回の彼女は、自分の両親、つまり、いうまでもなくウィリアムとメアリ・ウルストンクラーフトのゴドウィン夫妻のことや、夫のパーシー・ビッシュ・シェリーのことや、その友人のジョン・キーツやバイロン卿のことを熱狂的に語るだけだった。

わたしはこういってみた。今日の無知な人びとは、〝フランケンシュタイン〟を怪物の名前だと思いこんでいて、それを創造した科学者の名前だとは思ってもいませんよ。

彼女は答えた。「結局のところ、それを無知とはいえないわ。わたしの小説に出てくる怪物は、ひとつではなくてふたつ。その片方は科学者で、いみじくもフランケンシュタインという名前を持っているわけだから」

こちらはカート・ヴォネガット。テキサス州ハンツヴィルからの放送を終わります。

わたしは、詩人のフィリップ・ストラックス（S‐T‐R‐A‐X）博士にインタビューして、天国から帰還した。野球選手のジョー・ディマジオの死去とおなじ日に、九十歳で亡くなった彼は、以下のようなチャーミングな二行連句《カプレット》の作者である。

道具を錆《ラスト》びつかせるより
愛と肉欲《ラスト》に惑わされるがまし（「錆びつくより擦り切れるがまし」という格言と、テニスン「イン・メモリアム」の「愛を知らぬより、愛して失うほうがまし」のもじりか）

フィリップ・ストラックスは、三巻分の詩を書いたと同時に、放射線学者でもあった。彼は、それまで主に骨の画像診断に用いられていたX線の使用方法を改良し、乳房《にゅうぼう》軟部組織の悪性腫瘍を見分けられるようにした。この乳房X線撮影法《マンモグラフィー》のおかげで、乳がんが早期に発見され、多数の女性の寿命が延びた。野球でいえば、この偉業は何千打点にも相当するかもしれない。

詩人としてはともかく、彼の医師としての人生の転機になったのは、愛する妻のガートルードが三十九歳の若さで世を去ったことだった。乳がんの発見が遅れたことが原因だった。それ以降、彼は医師としてのキャリアのすべてをこの疾病との闘いに捧げ——すばらしい成果をあげた。

わたしは、羽根にサインしてもらおうとディマジオを熱烈にとり囲む天使たちの群れの端っこで彼を見つけた。わたしはいった。ニューヨーク・タイムズに掲載されたあなたの輝かしい死亡記事を読むと、あなたは異常なくらい女性たちのことを愛していて、女性たちもあなたのことを異常なくらい愛していたようですね。すると彼は、あからさまにフェミニスト的な自作の詩の一節を暗唱した。

哀れなわれら行動の男たちよ、思い出して歌え
この女性的な世界には二種類の男がいる
自分が弱いと知っている男と、
自分が強いと思っている男だ

もう百回もわたしの命を救ってくれたジャック・キヴォーキアン医師の欠かすべからざる監督のもと、カート・ヴォネガットがお伝えしました。それでは次回まで。バイバイ。

いまは一九九八年二月三日の午後遅い時間。テキサス州ハンツヴィルのこのせわしない死刑執行室で、ついさっきストレッチャーの固定用ベルトをはずされたばかりだ。

今回の制御臨死体験では、これまではじめて、天国への青いトンネルを進むあいだ、わたしはある有名人のすぐうしろにいた。彼女の名はカーラ・フェイ・タッカー。つるはしでふたりの他人を手にかけた筋金入りの殺人者だ。カーラ・フェイはこの死刑執行室で、ランチタイムのすぐあと、テキサス州によって一〇〇パーセント殺された。

もう一台のストレッチャーの上でわたしが七五パーセントだけ死亡させられたのは、その二時間後のことだった。わたしはトンネルの中でカーラ・フェイに追いついた。天国の門の近く、トンネルの向こう端から百五十ヤードほどのところだった。彼女は足をひきずるようにのろのろ歩いていたから、わたしは急いで声をかけ、この先に待っているのは地獄じゃないですよと請け合った。だれの場合でもそうですが、地獄が待っているわけじゃありませんから。それは残念、と彼女は答えた。テキサス州知事を道連れにできさえしたら、喜んで地獄へ行くのに。「知事も人殺しだからね」とカーラ・フェイはいった。「あたしを殺した」

ジャック・キヴォーキアン医師は、わたしの臨死体験の旅と帰りの旅を監督してくれる。あの世レポーターからの報告は以上です。ジャックとわたしは、この致死注射施設を明け渡すように求められている。また新たな一〇〇パーセントの死刑執行のために準備するのだという。では、わたしたちふたりを代表して、バイバイ。

残念ながら、ミシガン州のジャック・キヴォーキアン医師をめぐる最近の法的いざこざ、つまり、彼が第一級謀殺罪で起訴されたことで、これまで彼がわたしに提供していた一連の制御臨死体験も一時休止を余儀なくされた。しかし、WNYC局の募金の訴えをつなぐ埋め草は必要だ。そこで、ある現存の人物にインタビューすることにした。

その人物とは、SF作家のキルゴア・トラウトだ。セルビアのコソボで起こったことをどう思うか、とわたしは彼にたずねた。その返事をテープ録音したが、困ったことに彼の上あごの入れ歯が何度も何度もはずれるのだ。そこで、聞きとりやすいように、彼のいった言葉を、わたしが自分の声でくりかえすことにする。

ここからは引用です——

NATO（北大西洋条約機構）は、テレビのエンターテイナーになりたいという抵抗不能に近い誘惑に抵抗するべきだった。橋や警察署や工場などなどを爆破して、映画と張りあうという誘惑にだ。セルビア人の暴力的支配の基幹施設は、もし正義と正気が復活した場合にそれを助けるため、無傷のまま残しておくべきだった。小さい町も含めて、すべての都市は世界資産といえる。NATOにとって、そうした町のひとつを居住不能にすることは、いわば自分の顔が気に入らなくて自分で自分の鼻をそぐようなものだ。

ショー・ビジネス！

いまの時代、民族浄化という名の殺人パラノイアと統合失調症は、そのスピードによって、まるで津波か、火山の爆発か、地震のようにほとんど瞬時に実行されることによって、最悪の結果を生んでいる——ルワンダや、今回のコソボのようにだ。次にそれがどこで起きるか、だれにわかる？　以前のこの病気は何年もかかる長患いだった。まず思いだされるのは、ヨーロッパ人が、西半球や、オーストラリアや、タスマニアで原住民を殺したこと、そしてトルコ人がおなじ土地に住むアルメニア人を殺したこと——もちろん、一九三三年から一九四五年までえんえんとつづいたホロコーストもそうだ。ちなみに、聞くところによると、タスマニアでの大量虐殺が一〇〇パーセント成功した唯一の例らしい。もはやこの地上に、土着のタスマニア人を先祖に持つ人間がひとりもいないとは！

新しい民族浄化のバイキンは、現代のマイコバクテリア結核がそうであるように、過去に考えられた治療法をみじめなもの、いや、滑稽なものに変えてしまった。いまではあらゆる症例が——もはや手遅れだ！　犠牲者たちは、はじめて午後六時のニュースで報道されるころには、すでに死ぬか、住む場所を失っている。
いまや既成事実となってしまった民族浄化という病気に対して、善良な人びとにできることは、生存者たちを助けることしかない。それと、キリスト教徒を見張ることだ！

カート・ヴォネガットでした。放送を終わります。

この放送をお聞きのみなさん、死後ジャーナリズムにおけるわたしの経歴は、おそらく本日をもって終了します。

今回は、ストレッチャーの固定ベルトがジャック・キヴォーキアンの手ではずされたとたんに、わたしは起きあがってアイザック・アシモフへのインタビューのことを語りはじめた。ミシガン州での殺人罪の告発に応じるため、ジャックが手錠をはめられ、そこから連行されないうちにだ。ああ、なんという皮肉！　殺人犯と呼ばれるこの人物は、これまでわたしの命を十回以上も救ってくれたのに！　ジャックが去ってしまえば、もはやこの致死注射室は、わたしにとってもうひとつのわが家とは思えなくなる。

だから、いまのわたしの複雑な気持ちをどうか許してほしい。まだこの世にいるわれらの友人ジャックの不運を悲しむ一方で、もうひとりの友人が比較的恵まれた環境にあるのを喜んでいることを。もうひとりの友人とは、八年前に腎臓病と心不全のため七十二歳で亡くなったアイザック・アシモフのことだ。

まだ地上にいたころ、全米ヒューマニスト協会名誉会長だったアイザック・アシモフは、古今未曾有なぐらいに多作のアメリカ作家だった。彼の書いた本は五百冊近い——わたしなどはみみっちくも二十冊。あのオノレ・ド・バルザックでさえ八十五冊しか書いていないのにだ。ときどきアイザックは、一年に十冊もの本を書いた！　しかも、受賞に値する長篇ＳＦばかりではない。その多くは一般大衆向きの学識ゆたかな解説書で、テーマも、シェイクスピア、生化学、古代ギリシアの歴史、聖書、相対性理論などなどと多岐にわたっていた。

アイザックはコロンビア大学で化学を専攻し、博士号を取得した。旧ソ連のスモレンスク生まれだが、ブルックリン育ちだった。ニューヨーク・タイムズの追悼文によると、彼は飛行機嫌いで、ヘミングウェイも、フィッツジェラルドも、ジョイスも、カフカも読んだことがなかった。いつだったか彼はこう書いていた——「二〇世紀の小説や詩に関して、わたしは門外漢だ」

「アイザック」とわたしはいった。「あなたの名は『ギネスブック』に載るべきだ」

すると、彼は問いかえした。「体重十キロで、二ひきの猫を殺した、〝変物《へんぶつ》〟というあだ名の雄鶏といっしょに、不朽の名声を得るわけかね？」

いまでも本を書いているのかどうかたずねると、彼はこう答えた。「四六時中だよ！　四六時中なにかを書いてないと、わたしにとってここは地獄なんだ。もし四六時中本が書けなければ、地上の世界もわたしにとっては地獄だったろう。いや、地獄そのもののほうがまだしも耐えられるかもしれない。もし四六時中本が書けるならね」

「地獄がなくてよかった」とわたしはいった。

「きみと話しあえてたのしかったよ」とアシモフはいった。「しかし、そろそろ仕事にもどらないと——全六冊の解説書で、現世の人間があの世に関して信じている各種のでたらめな通説を論じたものだが」

「わたしなら、あの世は眠り、ということで満足するが」とわたしはいった。

「それでこそ真のヒューマニストだ」アシモフはそわそわしてきた。

「最後にもうひとつだけ」とわたしは彼をひきとめた。「あなたの信じられないほどの生産力の源泉は、どこにあるのだろう？」

アイザック・アシモフは、わずか一言で答えた。「逃避」そういってから、彼はおなじく多作だったフランスの作家、ジャン＝ポール・サルトルの有名な言葉を追加した。

「地獄とは他人のことだ」

《巡査長 真行寺弘道》《DASPA 吉良大介》の
人気作家が沈みゆく日本の恐るべき岐路を描く
サスペンス巨篇

サイケデリック・マウンテン

榎本憲男

国際的な投資家・鷹栖祐二を刺殺した容疑者は、新興宗教「一真行」の元信者だった。マインドコントロールが疑われ、NCSC（国家総合安全保障委員会）兵器研究開発セクションの井澗紗理奈と、テロ対策セクションの弓削啓史は、心理学者の山咲岳志のもとへ。

四六判並製　定価2530円［23日発売］ (eb5月)

「iPodの生みの親」シリコンバレーの異端児による
世界的ベストセラー

BUILD
――真に価値あるものをつくる型破りなガイドブック

トニー・ファデル／土方奈美訳

「うん、確かにスティーブ（・ジョブズ）はイカれてる。でも最後は正義が勝つんだ」―― アップルでiPodとiPhoneの開発チームを率いた伝説のエンジニアが明かすイノベーションの極意とは。凡庸なものづくりから脱したいすべての人に贈るメンター本。

四六判並製　定価2860円［23日発売］ (eb5月)

早川書房の最新刊

5
2023

●表示の価格は税込価格です。
＊価格は変更になる場合があります。
＊発売日は地域によって変わる場合があります。

ハリウッド一《いち》の悪役俳優の壮絶すぎる人生！

世界でいちばん殺された男
——ダニー・トレホ自伝

ダニー・トレホ＆ドナル・ローグ／柳下毅一郎監修・倉科顕司訳

eb5月

死ぬ役か悪役では彼の右に出る者はいないと言われる俳優ダニー・トレホ。10代の頃から薬物中毒であった彼はいかにして立ち直り、映画俳優となって『マチェーテ』で主役の座をつかんだのか。半生を振り返りつつ、薬物依存の子供たちを助ける活動についても語る

四六判並製　定価３９６０円［23日発売］

『チューリングの大聖堂』著者が導く、自然と機械が融和する新たな世界像

アナロジア
AIの次に来るもの

ジョージ・ダイソン／服部 桂監訳・橋本大也訳

eb5月

0と1で世界のすべてを記述することは本当に可能か。デジタルの限界が露わになる時、アナログの秘めたる力が回帰する——。カヤックビルダーとしても著名な科学史家が博覧強記を揮い、ライプニッツからポストＡＩまで自然・人間・機械のもつれあう運命を描く

四六判上製　定価３３００円［20日発売］

ハヤカワ文庫の最新刊

NY社交界の頂点を極めた夫婦の数奇な人生を炙り出す、
ニューヨークタイムズ・ベストセラー

トラスト―絆／わが人生／追憶の記／未来―

エルナン・ディアズ／井上 里訳

eb5月

一九三〇年代、NY。金融界の寵児、アンドルー・ベヴルは自分をモデルにした小説『絆』の出版に猛反発。反駁のために自伝を秘書に代筆させる。その後秘書は当時の回想録を記し、数十年後、アンドルーの妻の日記を発見するが――。視点の異なる四篇からなる実験的小説

四六判上製　定価3960円[26日発売]

二〇二二年ノーベル物理学賞受賞！
量子情報科学、最良の入門書

量子テレポーテーションのゆくえ
――相対性理論から「情報」と「現実」の未来まで

アントン・ツァイリンガー／大栗博司監修・田沢恭子訳

eb5月

「さあ、ちょっとしたSFの物語を使って、量子もつれとは何なのか探ってみよう」――難解で複雑な量子情報科学の歴史と基礎を徹底的に解説。世界で初めて量子テレポーテーションの実験を成功させ昨年のノーベル物理学賞を受賞した著者が贈る、最良の入門書。

四六判上製　定価2750円[23日発売]

二〇二〇年台湾文学金典奨、金鼎奨受賞！
台湾で今最も注目される若手作家による

ベルリンで同性の恋人を殺した陳天宏は、刑期を終えて台湾の永靖に戻って来る。折しも

神さまと握手——書くことについての対話

大森 望訳

「地上では心に詩人の魂を宿して働いた靴屋も、天国では靴を作る必要はないのじゃ」

――マーク・トウェイン「ストームフィールド船長の天国訪問記抄」

（勝浦吉雄訳）より

"Der Wunder hoechstes ist,
Dass uns die wahren, echten Wunder so
Alltaeglich werden koennen, werden sollen."

（最大の奇跡は、真の本物の奇跡が、われわれにはありふれた日常の出来事に見えることである）

――一八世紀の詩人・批評家G・E・レッシングの「Nathan Der Weise」より

（エドマンド・バーグラー『作家と精神分析』第三章「自律と統一」より引用）

まえがき

カート・ヴォネガットとリー・ストリンガーの関係は、歴史に残るようなものにまで発展したと思う。カートは、リーをジャック・ロンドンになぞらえて、リーの著書『グランドセントラル駅・冬』こそ「作家は作家になるのではない。作家に生まれるのだ」という言葉の実例だと述べ、最も早くから、最も熱心にリーを応援してきた。カートはリーの文章を手放しで絶賛し、パンテオンに用意された自分の椅子を彼に譲りたがっているようにさえ見えたくらいだった。当の相手は――一部の読者にとっては幸運なことだとしても、この国について巷間いわれている悲しむべき実情に照らせば――非常にすばらしい本をあと何冊か書かないと、元ホームレスで元コカイン中毒の男という以上の存在として見られることはないだろう。〝元〟という言葉は接着剤のようにくっついて離れず、百万ドル稼いで大学の教壇に立たないかぎり、新規巻き直しで再出発することはできない。いいだろう。わたしたちはいま、その計画にとり組んでいる。そしてリーは、カートの文章もそんなに悪くないと思うと教えてくれた。

一九九八年十月一日、マンハッタンのユニオン・スクエアにある一軒の書店で行われたこの公開対談は、翌朝のカートなら「魔法の夜だった」といいそうなイベントだった。本好きで心温かな数百人の聴衆と、このふたりの人なつこい男性のおかげで、ほんとうにそうなった。

ユダヤ教の祈りの中にこんな一文がある。いわく、人間の思考はその人自身のものであるが、その表現は神のものである。このふたりの文章からは――それに談話からも――それが感じられる。わたしは、文学の持つ救いの力を信じるひとりとして、カートもリーも神の目に留めてもらおうとして書いているのだと思う。ふたりとも危険をおかさない。

セヴン・ストーリーズ・プレスは、創業以来、ふたりの小説家から導きのインスピレーションを得てきた。そのうちのひとり、ネルソン・オルグレンは、「文学は、それがなければ負けてしまう、声が届かない人たちの主張に、だれかが味方するときに生まれる」と信じていた。もうひとりはカート・ヴォネガットで、彼は、われわれが地球に存在しているのはのらくら過ごすためだと書いている。

わたしはこのふたりのことを本気で信じている。

カートとリーに対する質問は前もって集められていたが、カート、リー、司会のロス・クラヴァンのいずれも、事前にそれに目を通してはいなかった。ロスは、公開イベントがはじまるときに二枚の紙を渡され、それ以外の質問については、届くたびに自分なりの言葉を添えた。

この本は、カート、リー、ロス、ポール・アブルッツォ、ジョン・ギルバート、ドン・ファーバー、バーンズ&ノーブルのデビーとデニス、カフェ・ド・パリ、ジル・クレメンツ、アート・シェイ、それにG・E・レッシングのエピグラフのドイツ語からの翻訳を即興で手伝ってくれたアニエス・クルプ、そして、真実と楽しみを求め、十月の夜に自宅にいないことを選んでくれた観客の力で生まれ出ることができた。ありがとうございました。

――ダニエル・サイモン

一九九九年五月二十日、ブルックリン

第一の会話

ロス・クラヴァン（司会）　リーとカート、さあ、こちらにどうぞ。いろいろ質問させていただきますから。

［カート・ヴォネガットとリー・ストリンガーが壇上に上がり、席に着く］

まずひとしきり質問して、そのあと、おふたりの本の短い一節をそれぞれ朗読させていただきます。

では、最初の質問。「おふたりとも、自分の知っていること、とりわけ個人的な経験や冒険について書かれています。おふたりのあいだにある共通点について、それぞれコメントをお願いします」

カート　こんなのに答えたいかい、リー？

リー　まかせますよ、カート。

カート　共通点？　まあ、いまいってくれたとおりだよね。わたしたちは自分の人生を題材に小説を書きはじめた。作家としては、書くべきことがあるから楽だった。ドレスデンが焼き尽くされたとき、その現場にいたことを神に感謝しないと。［場内笑］

ジョーゼフ・ヘラーがあるときわたしにいった。もし第二次世界大戦がなかったら、自分はドライクリーニングの仕事をしていただろう、と。わたしならどんな仕事をしていたかはよくわからないが。

リー　共通点。むずかしい質問ですね。まあ、わたしたちはふたりとも作家ですからね。カートのインタビュー記事を読んでいて、共通点が多いなと感じたことがある。要するに、自分がなにを書いているのかわからないとき、最高の文章が書けるという趣旨だった。『グランドセントラル駅・冬』の執筆中、たしかにわたしもおなじようなことを感じていました。

カート　生徒に教えるときは――わたしはアイオワ・ライターズ・ワークショップで二年、それにニューヨーク市立大学《シティ・カレッジ》やハーバードでも教えた――作家になりたい人を探しているわけじゃない。わたしが求めているのは、情熱的で、なにかにものすごく強くこだわっている人たちだ。世の中には、頭の中が考えでぱんぱんになっている人がいる。リーもその一例だよ。とんでもなくたくさんのものを心に抱えていたら、やがて心に言語が届き、ふさわしい表現が届き、段落がふさわしいものになる。ジョゼフ・コンラッドのように、自分にとっては第三言語である英語に情熱を燃やした人もいる。言語が届き、名作が生まれたんです。

ロス　「文学的にも人間的にも、今日のわたしたちが直面している特別な難題はなんでしょうか？」

カート　なんにも変わっていないと思うよ。人間が置かれている状況は、天気みたいなものだ。ユーゴスラビアに目を向けると、世界はつねにそういう状態にある。生きていてラッキーだったね、リー。わたし自身もラッキーだった、そう思うよ。

リー　ある意味それは……人間であろうとするための戦いですね。つまり、じっくり考えてみると、わたしたちは毎朝、なじみのない環境で目を覚ます。人間が創造されたときの環境とはまった違う。せわしなく、ドキドキで、活力にあふれ、ブンブンうなり、くるくる動く、クレージーでなじみのない環境だ。その中にあって人間であろうとすること、人間らしい行動をとろうとすること、生まれ持ったものを思い出そうとすることが、わたしにとっての戦いなんです。だからわたしにとって、それは主に、ただ人間であろうとするための戦いだ。なにかべつの目的のための人間的な戦いというより、とにかくただ……人間であると感じるだけのための戦い。

カート　だから、テレビの大騒ぎから一歩退くことが重要なんだ。重要な問題だとテレビが力説することや、われわれみんなが議論しなければならないといわれていることから一歩退くことがね。そしてもちろん、文学というのは、オーディエンスがパフォーマーであることを要求する唯一の芸術だ。［読者が小説を読んで理解するには］読めなければならないし、それも、すごくうまく読めなければならない。アイロニーが理解できるくらいうまく！　わたしがあることをいう。それはべつのことを意味していて、あなたはそのことをちゃんと理解する。一般大衆にリテラシーを期待するのは、すべての人がフレンチホルンを吹けると期待するようなものだ。すごくむずかしいことなんです。この本〔『タイムクエイク』〕の中でも述べているように、読書とはなにかと考えはじめると……不可能な難事だ。文学とは、わずか二十六個の音標文字と、十個の数字と、八種類くらいの句読点を特定の順序で組み合わせて横にならべたものです。それなのに、ここにいるみなさんのようなかたがたは、印刷されたページを見て、頭の中でワーテルローの戦いのようなショーを上演できる。ニューヨーク・タイムズ紙によると、アメリカには、運転免許証の申請書に記入できるだけの読み書き能力がない人が四千万人いるそうです。ですから、わたしたちのオーディエンスは多くないのです。高度な技術を持つオーディエンス、信じられないような技術を持つオーディエンスが必要なのですから……みなさん、この事実上習得不可能な技術を身につけてくれてありがとう。〔場内笑〕

リー　最近は、物事をシンプルに、一瞬で摑めるようなものにしたがる人がどんどん増えていますね。また、現代人は結果を非常に重視する傾向が強い。正しいことだからとか、芸術のためとか、そういう理由でなにかをすることがない。「いまのままだと、この先x、y、zが起こります」ということが証明されないかぎり、だれもなにもしない。そういう環境では、文学と呼ばれるものは存在しにくいんです。本というのはそれほど実用的なものじゃありませんからね。『タイムクエイク』を読んでも、明日からスクランブルエッグがつくれるようになるわけじゃない。その意味で、書くということは、それほど実際的でなくいられる権利を守るための戦いなんです。

カート シティ・カレッジで教えていたとき、講座を修了しても職がないことを知って、学生たちはとてもショックを受けていた。「ええと、ぼくはシティ・カレッジでクリエイティヴ・ライティングを勉強しました。ついては、御社で小説を書かせてください」といえるような仕事先がないということに。

〝小説の死〟その他いろいろについていうと、小説はもともとすごく元気に生きていたことなんかない。さっきいったことのくりかえしになるが、小説のオーディエンスはパフォーマーでなければならず、そのようなオーディエンスの数は非常に小さくなるからだ。

ウィリアム・スタイロンは、あるとき、たまたまわたしが聴く機会を得た講演で、こんなふうにいった。ロシアの偉大な小説は、どんなアメリカ作家よりも――ナサニエル・ホーソンとか、マーク・トウェインとか、すぐ名前が浮かぶ他のどんな作家よりも――大きな影響をアメリカの作家たちに与えたが、それらの作品は、きわめて小さな読者層に向けて書かれていた。というのも、膨大な数の読み書きできない人びとが広がる巨大な帝国の中で、識字人口は非常に小さかったからだ。そのため、トルストイやゴーゴリやドストエフスキーは、読者の数が少なくても喜んで書いた、と。

ロス 読書に立ちはだかるそういう障害を考えると、楽観的になれる理由はあるでしょうか？

リー なにについて？

ロス どんなことについてでも。

カート わたしは死ぬ！（笑）

リー 『グランドセントラル駅・冬』のテーマであるホームレス問題は、多くの読者に悲劇として受け止められました。悲劇はたいていだれかが死んで終わるものですが、わたしはいまこうして生きている。だから、これが悲劇だとは思えません。わたしが得たのは、ある種の楽観主義です。悪いことでも、チャンスなんです。そこには可能性がある。サテンの枕で寝ているより、逆境にいるほうがむしろ可能性があると思う。だから、その意味では、わたしは楽観主義者かもしれない。楽観主義には道理があると思う。少なくとも、個人的な楽観主義にはね。世界が生き延びられるかどうかは知らないが、わたしは自分の心臓が鼓動するかぎり生き延びますよ。

［場内拍手喝采］

カート　本の中できみは改革を求めたりはしていないが、それでもこの本はなんらかの政治的な影響を社会に及ぼしてしかるべきだよ。少なくとも、ニューヨーク・シティではベストセラーになって当然だと思う。わたしたちのほとんどがまるで知らなかったこと、つまり、ホームレスの生活がどのようなものかを教えてくれるんだからね。この本の中で、きみがホームレスの存在を嘆いている箇所はどこにもない。それでも、この本を読んだだれもが、「これはなんとかしなきゃならない」というにちがいない。

リー　うむ、まあそう……それに答えるのはむずかしいですね。
　つまり、人間はつねに社会学者になろうとしているが、じつのところ、まわりを見渡してみると、われわれの社会学はほんとうにお粗末なんです。だから、それ［ホームレス問題］に対してなにかできるかどうか、わたしにはわからない。

え？

ホームレスをなくす？

この人たちを移動させる？

わたしたちの目の前からいなくなってもらう？

全員に食事を与える？

どうしたらいいのかわからない。ただひとついえるのは、自分がホームレス問題とどんな関係があるのか見つけること。

それが唯一の仕事だと思います。

こうあるべきだという感覚に反するものや人びとを排除するのではなく、ただ、自分とそれとの関係を見つけること。街でだれかとすれ違うとき、その人とあなたのあいだにはどんな関係があるのかと考えること。ただそれだけです。

つまり、人間として、わたしたちはたがいにどんな関係を持っているのか？　それ以上のことはどうだっていい。

カート　リー、きみはもともと〈ストリート・ニューズ〉を売っていて、それから〈ストリート・ニューズ〉のために記事を書きはじめ、それからたぶん、トップライターになった。最終的には編集長になったんだっけ？

リー　編集長になったのは、彼らがこれ以上給料を払えないと判断して、ほかのみんなが辞めたときです。

カート　ああ、でもきみは、オフィスのソファで寝起きしなきゃいけなかった！

リー　いい条件でしたね。最高の待遇でした。

カート　〈ストリート・ニューズ〉を読んでなきゃいけないんだが、白状すると読んでない。〈ストリート・ニューズ〉は、ホームレスをどうすべきかという社説を載せていたのかな？

リー　載せてましたよ。いくつも載せてました。でも、意見が一致することはなかった。

ウォーターベッドを平らに均《なら》そうとするみたいなもので、ここを押せばあそこが飛び出すという感じでした。

わたしには、一九六〇年代に黒人として育ったという、応用社会学の被験者としての経歴があります。それから三十年の歳月と数十億ドルの予算と無数の演説と数え切れないほどの法律を経た挙げ句、最近耳にするのは、黒人に関するかぎり、それらすべてが、状況を悪化させただけだったということです。だからわたしは、完璧な社会の実現はもちろんのこと、どんな社会問題についても、形式的な解決策をたいして信用していません。

たしかに、当時はわたしも、だれそれがこれこれの問題を解決してくれることを望むとか、人びとにこれこれしてほしいとか、そういうタイプの社説を何本か書きました。でも、わたしにとっていちばん楽しかったのは、自分の頭の中にあることをただひたすら好き勝手に書き連ねることだった。

すばらしいことでした――〝ホームレスの男性〟として路上で話を聞かれるのではなく、自分の頭の中を自分流に表現できる場所が持てるというのは。一九八〇年代の中ごろというのは、最高の居場所だった。その点では、わたしは豊かでした。家を持っている平均的な人間には持てないぜいたくでしたね。だから、わたしにとってはすばらしい議論の場だった。社説というのは、だいたいいつも、ある出来事に関連するテーマについて書かれるものですが、そういう文章を書くのにわたしは心底うんざりした。そういう社説をうまく書けた回数は少なかったと思います。わたしが好きだったのは、具体的な人や場所やものについて書くこと——つまり、一人称の文章でした。でも、あのソファが気に入っていたのは事実ですよ。［リーとカートの笑い声］

カート　まだ路上にいる旧友にばったり出くわすことはある？

リー　ええ、ありますよ。

カート　そのとき、彼らを救おうとか、彼らのためになにかしようと思うことは？

リー　まったくないですね。

カート　ふうん。じゃあきみは、あんまりいい人間じゃないんだな。

リー　実際、あんまり厚かましい人間でもない。自分自身のことだって、かろうじて救えただけですからね。路上生活でひとつ気がついたのは、逆から見れば、わたしたちはみんな——いまここにいる全員が——人生という道を手探りで歩いているにすぎないということです。わたしたちは、自分がすべてを理解していると思わせてくれるものにすがりつく。しかし、自分はすべてを理解していないんじゃないかとほんの少しでも疑っている人に挙手を求めたら、きっと全員が手を挙げるでしょう。そういう意味では、次の人を救えるとわかっているというのは、ちょっと厚かましいかもしれない——少なくともわたしにとっては。わたしがそんなことをいうと、驚く人がおおぜいいるかもしれませんが、それが正直な答えです……自分を救うのは一生かかる仕事だから、次の男を救う時間や手段が持てるところまでほんとうにたどり着けるかどうかわからない。みなさんにとってなにが正しいのかわからない。それに、いまここでそれをいうつもりもありません。

カート　ともあれきみは、魂を構築する過程で、わたしたちにすばらしい贈りものをくれた。

リー　ありがとうございます。

カート　こちらこそありがとう。ほんとうにすばらしい本です。リーをジャック・ロンドンに例えたのは……ええっと、これから朗読するのは、自分が文章を書けるということにリーが気づくパート？

ロス　あ、いえ……そこを朗読する予定はありません。

カート　だったらその話を聞かせてもらえるかな、リー？　自分がほんとうに書けるんだと発見したとき、きみはどこにいた？

リー　いや、なんとかしてその場所から逃れられたらと思ってるんですけどね。というのも、地中深く打ち込まれているから。わたしはただ、鉛筆を持ってそこに座っていたんです。それだけですよ。使っていた鉛筆は、パイプの中に網《スクリーン》を押し込むのに使う、ドラッグ吸引用の道具でした。ある日のこと、ドラッグを切らしていたので、鉛筆を鉛筆として使ってみることにしたんです。［場内笑］頭がいいでしょう。鉛筆にはほかにも使い道があると気づいたんですから。で、書きはじめた。驚くべきは、書くのをやめたのが五時間後だったということです。その当時、五時間もぶっつづけでなにかをやるなんてことは、ハイになろうとするか、ハイになった状態から醒めようとするか、そのどっちか以外にならなかったのに。あれほど集中してなにかをやったことはそれまで一度もなかった。ほんとに一瞬でしたね。

カート わたしがリーをジャック・ロンドンだといったのは、ジャック・ロンドンもおなじような経験をしているからだ。彼はどん底に落ちて、スチーム・ランドリー店で働いていた。そしてあるとき、これよりもっとましな仕事があるはずだと思った。それで書きはじめた。そして、ほんとうに書けることがわかった……。

さあ、なにか質問して。［場内笑］

ロス このへんで、それぞれの本から、少しずつ朗読することにしましょう。最初の一節は『グランドセントラル駅・冬』からです。

［ロスが朗読する］

ヘルズキッチン、一九九四年秋

晴れやかで心地よい、典型的な小春日和の一日。『ストリート・ニューズ』の編集部の表の窓越しに射し込む光が、舞い上がる埃を金色に輝かせ、九番街越しに見える木立ちの頂きがそよ風に優しく揺れる。わたしは机に覆い被さるようにして立って、歯を食いしばり、プリンターに向かって罵ったり、文句をつけたりしている。安物で役立たずのパナソニックのドット・マトリックス・プリンターは、いつもの気まぐれな仕事ぶりを発揮している。凍りついてしまったかのように何の音もたてず、わたしに向かって赤いエラー・ランプをちかちかと点滅させ、一部たりとも印刷することを拒絶している。わたしはどうしてこんなことをやっているんだ？　そう自分に問いかけ続けている。

しかしわたしはそのわけがわかっている。

自分によかれと思ってやったのだ。

自ら進んでこのまともな仕事を見つけたのだ。

探していたというわけではない。わたしには収入があった。わたしは新聞を売った。必要なだけ、できるだけ多くの部数を、たっぷりと時間をかけて。路上暮らしをすることで、自分が人生の大切なものをなくしてしまったとは、あまり思っていなかった。少なくとも給料をもらうことで手に入れられるようなたぐいのものは。それにわたしはただ給料をもらうためだけに、雇ってほしいと思ったわけでもない。わたしが望んだのは、自分でも少しは満足がいき、同時に金にもなるような何かをするということだった。何かありきたりではないことを。

（中略）

わたしは書き手の一人として、『ストリート・ニューズ』の紙面を活気づけ、低迷状態から抜け出させるために、何らかの寄与ができるかもしれないと思った。

もちろんそれは間違いだった。

だからといって不平を言っているわけではない。わたしは文章を書く仕事を楽しんでいる。この仕事は、かなりの満足感を与えてくれる。とはいえ、たとえばの話、より大きな全体の流れの中で見て、わたしの書くものにものごとを確かに変える力があり、ホームレスに対する人々の風当たりがますます強くなっている現状に何らかの影響を与えているうんぬんという点に関しては、そうした傲慢な態度は捨て去らなければならなかった。**（中川五郎訳）**

つづいて、『タイムクエイク』から。

［ロスが朗読する］

自動運転中のわが七十三年間に、リプレイであろうとなかろうと、創作講座を受け持ったことがある。最初は一九六五年のアイオワ大学だった。そのつぎはハーバード、それからニューヨーク市立大学。いまはもう教えていない。

わたしはどうやって紙の上のインクと仲よくするかを、学生たちに教えた。こんなことを学生たちに話した。小説を書くときは、ブラインド・デートのすてきな相手になるべきだ、知らない人にたのしい時間を過ごさせるべきだ。あるいは、たとえ自分が完全な孤独の状態で書いていても、客をわけへだてしない、とても感じのいい売春宿の経営者になるべきだ。二十六個の音標文字と、十個の数字と、八種類ほどの句読点の独特の組みあわせを横にならべるだけで、きみたちがそれをやってのけることを、わたしは期待している。それはべつにいまはじまったことではないからだ、と。

映画とテレビが、読み書きの能力に関係なく、人びとの注意をとらえるのに大成功している一九九六年現在、考えてみると非常に奇妙な自分のチャーム・スクールの価値を、わたしは再検討せずにいられない。とにかく、これだけはいえる――インクのしみだらけの自称ドンファンや自称クレオパトラにとって、紙の上の言葉だけを使う誘惑の試みはとても安あがりだ！　まず、客を呼べる男優と女優、それに客の呼べる演出家などなどを、自分の芝居に出てくれと口説かなくていいし、つぎに大衆の嗜好に関する躁鬱質の専門家たちから、何百万、何千万もの資金を調達しなくてもいい。
とはいえ、なぜわざわざそんな手間ひまをかけるのか？　わたしの答えはこうだ――おおぜいの人が、心からこんなメッセージを受けたがっている――「わたしはあなたと物の感じかたも考えかたもおなじだ。たとえおおぜいの人は知らん顔でも、あなたが大切に思っていることを、わたしは大切に思っている。あなたはひとりではない」（**浅倉久志訳**）

［拍手］

ロス　それで、次の質問へとつながるんですが、「なぜわたしたちはこの仕事をしているのでしょうか――書く仕事にしろ、ほかの仕事にしろ」。

リー　まあ、新しいジャック・ロンドンと呼ばれたからには、クリーニング店で働くよりましだからといわなきゃいけないでしょうね（笑）。
わたしの場合がどうなのかといえば、自分でやってみて、自分で書いてみて、これならだいじょうぶだと思ったからです。それがだいたい九割。あとの一〇パーセントは、それが自分にとってとてもいいことだとわかったからかな。残り〇・五パーセントくらいは、みなさんにとってもそれがいいものであってほしいと思う。出し惜しみしてるつもりはないけど、読者のためにと考えて書くと、どうもやりすぎてしまって、だれのためにもならないとわかったんです。

カート　いまはもう絶版になっている、すばらしい本があってね。もしかしたら、セヴン・ストーリーズが復刊してくれるかもしれないが。エドマンド・バーグラーという故人の、『作家と精神分析』という本です。彼は、精神分析医としてはだれよりも多くの作家を診てきたと自分でいってるけど、ニューヨークで開業していたから、たぶん事実でしょう。バーグラーいわく、作家は、書くことによって毎日みずからの神経症を治療できるから、その点で恵まれている。また、作家は書けなくなるとすぐに精神のバランスを崩しはじめるから、書けなくなることが破局に直結するとも述べている。それでわたしは、『ハーパーズ』に書いた記事というか手紙の中で、〝小説の死〟について述べた。作家が小説を書きつづけるのは、それが自分自身の神経症を治療することになるとわかっているからだ、と。さらに、絵画、音楽、ダンス、文学など、あらゆる芸術を実践することは、金を稼いだり有名になったりするための手段ではない、自分の魂を成長させるための方法だとも述べた。だから、とにかくやってみることです。［場内拍手］

それと、ビル・ゲイツがいまいってることについてだが……サルマン・ラシュディの懸賞金はいくらだったかな。

観客のだれか 百万ドルです。

カート ビル・ゲイツを殺してくれる人がいたら、わたしが百万ドル払うよ。［場内笑］

リー まず現金を見せてもらわないと。

カート ゲイツは、「なあ、自分がすくすく成長することなんか気にしなくていいんだよ。新しいプログラムを送るから、かわりにコンピュータを毎年どんどん成長させるといい」といってる。なにかに〝なる〟という体験を人びとからだましとってるんだ。

リー きょう、ある新聞で書評を読んだんですが、紹介されていたのは、いかにして権力を維持するか、いかにして権力を持つかについての本でした。一見したところ、イケイケの九〇年代本みたいでしたが、本に出てくるいくつかのアドバイスは、まったく反人間的なものでした。いわく、他人が自分を頼るようにしなさい。［場内笑］その方法を学ぶために、人びとは本を買いに書店に押し寄せたんです。彼の主張のひとつは、「多くを語るな。そのほうが利口そうに見える」というものでした。

だったらどうしてこの本を書いたんだろう。［場内笑］

だから、ビル・ゲイツを撃つとき、もし弾がはずれたら、この人に当たればいいなあと（笑）。

ロス　『グランドセントラル駅・冬』の別の一節をご紹介します。そのあと、おふたかたにさらに質問させていただきます。朗読するのは、セントラル・ブッキングの留置場での出会いを描写した箇所です。

［ロスが朗読する］

その夜早く、房の扉ががちゃんと音をたてて開けられ、看守に連行されて中に入れられたのは、赤い血が飛び散った緑色の病院のパジャマのズボンだけを穿いて、上半身裸の、痩せたスペイン人の若者だった。両腕は手首から肘まで包帯でぐるぐる巻きにされ、大きく口を開けてばか笑いをしている。

「シャツは証拠として取っておかなきゃならねえんだってよ」と、彼は怪我をした両腕をトロフィーのように高くかざしながら、房内の誰にともなく、説明した。それから、脈絡なく、自分の武勇譚を面白おかしく披露し始めた。彼とその一味は押し込み強盗を働いた……その真っ最中におまわりたちの不意討ちにあった……逃げようとして彼は片腕に「銃弾を一発食らい」(特に自慢できる出来事だ)、鋭い鉄条網を攀じ登ろうとして、もう片方の腕にも傷を負ってしまった。警察としては彼をぶち込む前に、ベルヴュー病院で応急手当てを施さなければならなかった。大体のところは、欲求不満の十代の少年にとって、ハリウッド映画顔負けの一夜となったわけだ。

「やつらは俺のことをプロだって言うんだぜ」と、彼は毒づいた。「信じられねえや」

誰もが感心しきっていた。わたしも態度にこそ出さなかったものの、彼の気骨に心を奪われもすれば、かき乱されてもいた。(中略)

一服恵んでくれと言い寄ってきた男にどれぐらい残しておいてやろうかと考えながらわたしが煙草を吹かしていた時、ジャージーの若造に近づくキッドの姿が目に入った。

「その鎖が気に入ったぜ、ダチ公」と、キッドはジャージーの若造の顔に自分の顔を近づけながら言う。「よこしな！」キッドの手の中の何かがジャージーの若造の頸動脈を押さえつけていた。

手に負えないワルだ。

床にじっと座り込んで、法廷でのお楽しみを待ちわびるだけの退屈な時間をやり過ごすには、もってこいの出来事だ。留置房の中が急に活気づいた。ジャージーの若造とキッドとを取り囲んで収監者たちの二重の輪ができた。看守を寄せつけないようにしようというわけだ。

だが今夜のジャージーの若造は、拳での殴り合いなら、もうさんざんやりつくしてしまっていたようだ。といってチェーンを手放すつもりはない。そこで大声で助けを呼んだ。ゲートの鍵ががちゃがちゃと開けられる音がした。すぐにも看守たちが人の壁を肘で押し分けて入ってきた。しかしキッドは、飛び出しナイフを素早く隠すこともできたのに、知らんぷりを決め込んでいる。分け入ってきた看守たちに捕まえられる間も、突っ立ったままジャージーの若造を威嚇し続けた。再び手錠をかけられ（今度は前よりももっときつく）、新たな罪を加えられて運行されていくキッドの表情をわたしはちらりと見た。入ってきた時よりももっと大きく口を開けて、ばか笑いをしていた。

房に入れられているほとんどの者たちは、そのうち釈放されるとわかっていた。ちょっと我慢して、一連の面倒な刑事裁判の手続きをなんとかやりすごせば、面倒なことに巻き込まれることなく、そこで何をしていたにせよ、自分たちがもといた世界に戻れるとわかっている。しかしキッドは自分がどこにも行けないとわかっていた。彼は「プロ」だった。若くてハンサムで小柄な自分のような人間は、刑務所の中で馬鹿にされないために、「どうなってもかまうもんか」とやけっぱちになっているという評判が立ったほうがいいこともよくわかっていた。その点に関して、キッドは虚勢を張っているにもかかわらず、もっぱら実利的で安上がりな方法をとった。

（中略）

裁きということで言えば、収監されることと、中で待ち受けているものとでは、まるで別物だ。わたしとしては、個人的には、すべての判事や地方検事が刑に服する場面を見てみたい。裁判席で彼らが犯す罪ゆえではない。彼らは無知ゆえに過ちをおかすのだ。刑期を過ごすことが彼らの資格の一つとならなければならないというのは、まさにそれゆえなのだ。自分たちが何もわかっていないということに、彼らが思い至るように。

蔑まれるべき名もなき者たちとして彼らを留置房にしゃがみこまさせ、厳しい風当たりで彼らの独善的な気持ちがすっかり干上がってしまうまで、次から次へと続く苦境を存分に味わわせるがいい。そして真の裁きは決まって詩的なものだという、どんなに下っ端の囚人でも直感的にわかっている知識に、ふとした拍子に気づかせてやるがいい。**（中川五郎訳）**

［拍手］

ロス　次の質問です。「わたしたちには、かたや人生という冒険があり、かたや人生という冒険を理解したいという欲求があります。おふたりにとって、この両者にはどのような関係があるでしょうか？」

リー　うわ。

カート　う一ん、［さっきの朗読で］まだちょっと茫然としている。リーの文章がわたしよりうまいことに。［場内笑］

リー　じゃあ、ちょっと考えてみましょう……いまみたいな大きな質問をされると、ナーバスになりますね。この本を書くにはずいぶん時間がかかったし、いまはそれがちゃんとパッケージされて、こうして世に出ている……だから、余計なことをいって評判をだいなしにしたくない（笑）。

いま、この本のおかげでわたしはみんなから信頼されている……さっきの質問に対するわたしの答えは、「すごくすごくすごく大きな関係がある」ですね。ええっと、なんと呼んでたっけ？　冒険？　わたしは、路上で過ごす時間を冒険だと思っていた。初日からそんなふうに思っていた。「さて、次はどうなるかな」という具合に。ようやくひと息入れたとき……じつは大きな過ちをおかしたんです。その過ちとは、路上生活じゃなかった。そうじゃなくて、またもや自分で自分を追いつめていることでした。具体的になにかあったわけじゃないんですが、そのときわたしは自分で自分を追いつめ、ひとつのサイクルに囚われていたんです。そして、路上生活から離れてみると、ほかにどうすればいいのかわからなかった。まともな人生とかいう、ありもしないものにもどるのは、もちろんいやだった。

残ったのはこの本だけでした……完成させたいと思いながら、一年半くらい放置していたんです。いくつかの問題を解決するまで、本を完成させることができない――そんな関係だった。つまり、「十月四日、わたしはこれこれこうして、それからこうなった」というような情報を並べただけのただの説明は軽蔑していたんです。そんなことをするのは耐えられない。じっと座って、そんなものを書くことはできない。そういうことができる作家はいるし、すごくうまく書ける記者もいる。でもわたしは、そんなことをするくらいなら歯をドリルで削られるほうがましだった。

だから、自分にとっておもしろく、願わくはみなさんに時間を割いてもらう値打ちのあるものを書く方法と理由を見つけなければならなかったんです。

書店の前を通り過ぎる人が、リー・ストリンガーという名もなき人物のいうことに興味を持つなんて思いもしなかったけれど、わたしが書いた本をたまたま手にとってぱらぱら読んでみてくれる人が運よくいたとしたら、その人が「これは悪くないぞ。もっと読んでみたい」と思うような本にしたかった。

そのため、この本のどのエピソードも、自分にとってどういう意味があるのかちゃんと理解しないかぎり書くことはできませんでした。まわりの人たちがなにをしているかだけでなく、なぜそうするのかを理解しなければならなかったんです。だから、この本が書き上がるころには、わたしはたくさんの疑問に対する答えを得ていました。そしてそれは、とてもすばらしいことだと思う。

その点からすると、この本が出版されたことは、ほとんど結果論みたいなものですね。

わたしにとっては、自分自身に対するそうした質問に答えることが山の頂上だったんです。

ロス　では、最後に選んだ朗読箇所で、またトラブルをひき起こすことにしましょう。まず、『タイムクエイク』の一節から。

［ロスが朗読する］

十九世紀はじめにイギリスのレスタシャーで機械をこわしてまわった農場労働者で、まんざら架空の人物ともいいきれないネッド・ラッドや、キルゴア・トラウトとおなじように、このわたしも筋金入りのラダイト主義者だから、いまもって手動式のタイプライターをパチパチたたいている。それでも、テクノロジー面から見ると、ウィリアム・スタイロンやスティーヴン・キングとくらべれば、数世代先を走っているわけだ。このふたりの作家は、トラウトとおなじように、万年筆で黄色いメモ用紙に手書きしている。

わたしはタイプ原稿に万年筆か鉛筆で赤を入れる。いま、わたしは仕事のためにマンハッタンに住むようになった。わたしは、長年タイプ清書をひきうけてくれている女性に電話をする。彼女もコンピュータを持っていない。さて、彼女をクビにするべきだろうか。

彼女はニューヨーク市内から田舎町へ引っ越している。そちらのお天気はどうか、とわたしは彼女にたずねる。庭の餌箱にめずらしい小鳥がやってこないか、とたずねる。リスたちは餌箱に近づく新しい方法を見つけたか、とたずねる。その他いろいろ。

そう、リスたちは餌箱に近づく新しい方法を見つけた。必要にせまられると、リスたちは空中ブランコ乗りに変身するのだ。

以前、彼女は腰痛に悩んだことがある。腰のぐあいはどう、とわたしはたずねる。ええ、おかげさまで、という返事。むこうは、わたしの娘のリリーのようすをたずねる。リリーは元気だよ、とわたしは答える。もういくつになりました、とむこうはたずね、この十二月で十四になる、とわたしは答える。

彼女はいう。「十四！　まあ驚いた。ほんの赤ん坊だったのが、まだきのうみたいな気がするのに」

新しく清書してもらいたい原稿があるのだが、とわたしはいう。むこうは、「いいですよ」と答える。彼女はファックスを持っていないので、こちらはその原稿を郵送しなくてはならない。ふたたび——彼女をクビにするべきだろうか。

ここはニューヨーク市内のブラウンストーン造りの住宅の三階で、エレベーターはない。

わたしは原稿を持って、どた、どた、どた、と階段をおりていく。一階までくると、そこは妻のジルのオフィスだ。ジルがリリーの年ごろに大好きだった本は、少女探偵ナンシー・ドルーを主人公にした物語である。

ジルにとってナンシー・ドルーは、わたしにとってのキルゴア・トラウトだ。そこでジルはいう。「どちらへおでかけ？」

わたしはいう。「封筒を買いにいってくる」

ジルはいう。「貧乏でもないのに。どうして千枚ぐらい封筒をまとめ買いして、戸棚にしまっておかないの？」ジルは自分が論理的だと思っている。彼女はコンピュータを持っている。ファックスを持っている。留守番電話を持っているから、重要な伝言を聞き逃すおそれがない。ジルはコピー機も持っている。そんながらくたを山ほど持っている。

わたしはいう。「すぐに帰ってくるよ」

外の世界へとわたしは歩きだす！　路上強盗！　サイン狂！　ジャンキー！　ちゃんと仕事を持った人たち！　もしかして男好きの女も！　国連職員たちと外交官たち！

（中略）

わたしはニューズストアへはいっていく。とりたてて生きがいのない人生を送っているわりあい貧しい人たちが、富くじとか、そのたぐいのゴミを買いに行列している。だれもがクールな態度をとっている。［場内笑］わたしが有名人なのを知らないふりをしている。［場内笑］

このニューズストアは、インド人が夫婦でやっている店だ。本物のインド人！　奥さんは、眉間にちっぽけなルビーをはめている。それを見るだけでも足を運ぶ価値がある。封筒などだれがほしい？

忘れてはいけない。キスはいまもキス、ためいきはただのためいき（『カサブランカ』の主題歌《時のすぎゆくまま》の歌詞の一節）。

わたしはこのインド人夫婦の文房具の在庫を、彼らに劣らずよく知っている。だてに人類学をまなんではいない。だれの助けもかりずに、縦二十三センチ、横三十センチのマニラ封筒を見つけ、そのついでに野球チームのシカゴ・カブスをネタにしたジョークを思いだす。そのジョークでは、カブスはフィリッピン群島へ本拠地を移すことになり、マニラ・フォルダーズと改称するのだ。このジョークは、ボストン・レッド・ソックスをネタにしてもうまく通用するだろう。

わたしは行列のしっぽにくっつき、富くじ以外のなにかを買いにきたほかの客たちと世間話をする。富くじを買いにきたカモたちは、むなしい希望と数霊術で裸にひんむかれ、タイムクエイク後の無気力症患者といっても通りそうだ。十八輪の大型トレーラーでひき殺されたとしても、彼らは気にしないだろう。

そのニューズストアから南へ一ブロック歩いて、郵便コンビニエンス・ステーション（一部の業務だけを行う郵便局の出張所）へはいる。ここの窓口の女性を、わたしはひそかに恋している。原稿はもうマニラ封筒へ入れた。わたしは封筒の宛名を書き、また長い行列のしっぽにくっつく。いま必要なものは切手だ！　ウマウマ！

わたしが恋している女性は、わたしに恋されていることを知らない。ポーカー・フェイスの話をしたいですか？　わたしを見る彼女の目は、まるでメロンでも見ているようだ！

窓口の奥でスモックを着てすわっているので、わたしの目に映る彼女は、首から上だけだ。それで充分！　首から上だけでも、感謝祭のディナーそっくり！　いや、べつに、彼女が皿いっぱいの七面鳥とスイート・ポテトとクランベリー・ソースに見えるという意味ではない。彼女を見ていると、目の前にそんな皿をおかれたような気がするという意味だ。さあ、召しあがれ！　召しあがれ！

なんの飾りもなくても、その首すじと顔と耳と髪の毛は感謝祭のディナーに見えるだろう。ところが、彼女は、毎日新しいぶらぶらを両耳と首のまわりにぶらさげる。髪はアップのときもあるし、おろしているときもある。ちりちりのときもあるし、まっすぐなときもある。あの両目と唇に、およそできないことがあるだろうか？　ある日のわたしが切手を買う相手は、ドラキュラ伯爵の娘！　あくる日の相手は聖母マリア。

きょうの彼女は、映画『ストロンボリ』のイングリッド・バーグマンだ。しかし、彼女はまだ遠いむこうにいる。わたしの前の行列には、ちゃんと札をかぞえられなくなったボケ老人たちや、それを英語と思いこんでちんぷんかんぷんをしゃべる移民たちがおおぜいならんでいる。

この郵便コンビニエンス・ステーションでは、一度懐中物を掏《す》られたことがある。だれのためのコンビニエンスだ？

わたしは待ち時間を有効に使う。まぬけな上役のこと、わたしには一生縁がないだろう仕事のこと、わたしが一生見ることのないだろう外国のこと、わたしが一生罹りたくない病気のこと、そしてほかの人が飼っているさまざまな犬のこと、などなどについてまなぶ。コンピュータを使って？　いや、会話という失われた技術を使ってだ。

ようやくわたしの順番がきて、封筒の重量を測ってもらい、切手を貼ってもらう。それをしてくれるのは、この広い世界でたったひとり、心からわたしを幸福にしてくれる女性だ。彼女といっしょだと、幸福なふりをする必要がない。

わたしは家に向かう。きょうはすごくたのしい時間が過ごせた。まあ聞いてほしい——われわれはぶらぶらひまをつぶすために、この地上へ生まれてきたのだ。だれかがそれとはちがうことをいっても、信じないように！ **（浅倉久志訳）**

［笑いと長時間の拍手］

ロス これが次の質問につながります。「読者があなたの作品を読むときに経験する、テキストを超えた場所があると思いますか？ もしあるとしたら、あなたが書く、言葉を超えた場所とはなんですか？」

カート そうですね、先ほどもいったとおり、小説のオーディエンスはパフォーマーでなければならない。ページ上のメッセージを読み解くために、読者のほうも仕事をしている。その結果、読者はわたしたちのパートナーになる。読者のみなさんは、みずからその立場に立つ。それは、わたしたちがなにも知らない余剰次元です。でも、読者がそこに立てることは喜ばしい。そうしないかぎり、小説を読むことはできませんから。

リー　どう言えばいいのかわからないのですが……もしかしたら、物語で伝えられるかもしれない。べつの次元があるような気がするけれど、それを明確に言葉にすることはできない。でも、この物語を語れば、そこに近づけるかもしれません。ある日、路上にいたとき、四二丁目通りを歩いていました。八番街と九番街のあいだ。午後の真ん中ごろ。灰色の一日でした。そのとき、わたしの目の前に現れたのは、真昼間に人びとがのろのろと歩いて行進してくる軍隊でした。だれも笑っていない。みんな、まっすぐ前を向いて、どこへ行くにも、どこから来るにも、歩いていた。そして、よくよく考えてみると、彼らはみな苦しんでいた。一日を過ごすだけでも、負担が大きかった。

そのブロックの端にさしかかると、ピアノの音が聞こえ、人びとの灰色の頭の上にメロンのかたちをしたピンク色のものが、こんなふうに［弾んだり揺れたりする身振りをしながら］動いているのが見えました。ブロックの角にさらに近づいてみると、それはジャージーからやってきた伝道者でした。四二丁目通りの端、わたしが〝神の角〟と呼んでいる場所に巨大なスピーカーをいくつも置いて、このどうしようもなく陰鬱でどうしようもなく灰色の午後のど真ん中に、ものすごく明るくてものすごくモダンなゴスペル音楽を鳴らしていました。そして彼は、なんの理由もなく、喜びに飛び跳ねていました。スピーカーを据えつけたばかりなのに、ピンクの顔をきらきら輝かせて飛び跳ねていました。そのときわたしは心の中でこういいました。「ああ、わたしがいたい場所はあそこだ。あの男がいる場所に、わたしはいたい」

そして、それほど直接的でない方法ではあるけれど、わたしはみなさんにそんなふうに読んでもらって、「ああ、これがわたしのいたい場所だ」と思ってもらいたい。ただそれだけのことなんです。

［長い拍手］

カート ただね、知り合いの作家たちは、ほとんどみんなミュージシャンになりたがってるよ（笑）。

ロス なぜですか？

カート なぜなら、音楽は小説にはぜったい不可能な喜びを与えられるから。音楽はわたしたちが経験できる中で、最も快楽的で、最も魔法に近い。［拍手］

わたしは全米ヒューマニスト協会の名誉会長だが、同時に「音楽は神が存在する証拠である」とも語っている。［長時間の拍手］

ロス　ところで、なにか楽器は弾けますか？

カート　クラリネットを吹くけど、下手くそだよ。ほんとにからきし才能がなくてね。それと、［ビル・クリントン］大統領は悪くないリード楽器奏者だ。ほんとに悪くない。演奏を聴いたことがある。しかし、まだだれもそのことを持ち出して大統領を弁護したことはないんだけど。［場内笑］

リー　つまり、彼はほんとに吹ける《ブロウ》わけだ、いわば。［場内笑］（この当時、世間を騒がせていたビル・クリントン大統領とモニカ・ルインスキーの性的スキャンダルにひっかけた下ネタのジョーク）……すみません。［拍手］

ロス　「ここに座っているカート・ヴォネガットやリー・ストリンガーと、読者がおふたりの本の中で出会う作家たちとの関係は、どのようなものだと思われますか？」

リー　うわ、またむずかしい質問だな。どうでしょう……どうぞお先に。

カート　ふむ。詩や絵画、たぶん音楽と比較しても、わたしたちの仕事のいいところのひとつは、たがいを羨望の目で見ないということです。画家のジェイムズ・マクニール・ホイッスラーは、「羨望を見たいなら、画家たちの輪の中に入りなさい」といった。作家はほかの作家を羨まないし、ある作家が成功して大金を稼げば、ほかの作家もしあわせになる。

　だから、わたしたちがいるのは最も好ましいフィールドだ。ある意味、わたしたちは同じ戦争の帰還兵同士だ。どんな戦争だったか、みんな知っている。ジョン・ウェインのように、戦争に参加したことのない人とは違う。わたしたちは、その戦争がどんなものだったか知っていて、それに加わったおたがいを尊敬している。

　本を書き上げた人間は、その本が出版されようがされまいが、それがいい本であろうがなかろうが、わたしたちの仲間なんです。

リー　わたしは何年も前にカートの本を読みました。流行に乗りたくないタイプだったので、全員が読んでしまうのを待ってから、そのすぐあとに読んだ。そして、そんなに長いあいだ待ちつづけたことを後悔した。［場内笑］

　カートがわたしの本を気に入ってくれたと聞いたときは、同志に出会ったような気分でした。ほかの作家が自分の作品について好意的に語ってくれるのは、まさに最高の気分です。

　これは科学じゃない。磁器を焼いているわけでもない。ツーバイフォーの木材を切り出すわけでもない。部屋にこもって、八時間も九時間もＭａｃのキーボードをカチャカチャ叩いているのは、ちょっと異常なことなんです。とても不自然なことです。しかも、自分のやっていることが正しいかまちがっているか教えてくれる人はだれもいない。そんなことを一年もつづけるのは、とてもこわい。そして、それ以上にこわいのは、あとでふりかえってみて、「ああ、なんにもせずに一年間を無駄にしたなあ」と思うこと。だから、その孤独の中で、ほかの作家から「きみはよくやった」といわれるのは、とてもうれしいんです。その点で、カートは生涯の同志のような気がします。そして、彼の作品を読み返し、インタビューを読み、彼のコメントを聞いて、わたしたちはほんとうの同志なんだと思いました。

　カートをはじめ、ジェイムズ・ボールドウィン、ラルフ・エリソン、ネルソン・オルグレンなど、おおぜいの作家がやっていることがある……わたしたち全員が似たようなことをやっている。それがなんなのかについて語りはじめるとややこしい話になるけど、この人たち全員の作品にそれが響いているのが聞こえる。というわけで、ちょっとした考えをぐだぐだ語りすぎたな。でも、聴いてくれてありがとう。

［拍手］

カート　わたしは、ジャクリーヌ・スーザンの作品がずっと好きで、彼女のことは同僚だと思っていた。彼女はほんとうに誠実に小説を書いた。でなければみんな彼女の本を買ったりしなかっただろう。

本を読む人をだますことはできない。

彼女はストーリーテリングに対して真摯な作家だ。ジャクリーヌ・スーザンとわたしのあいだには、じっさいに顔を合わせる前に、とてもいいエピソードがあった。彼女の『人形の谷間』は、たしか二年ぐらいかな、ベストセラーリストでずっと一位を走りつづけていた。おおぜいの人を楽しませた。そしてわたしは、『チャンピオンたちの朝食』で、ついに彼女を打ち負かし、一位の座から下ろした。『チャンピオンたちの朝食』は、ほんの一時期、ベストセラーリストで一位になったんです。［拍手］そのとき、まだ見ず知らずの関係だったこの女性から、メッセージをもらった。そこにはこう書いてありました。「だれかに負けるんだったら、あなたでよかった」と。潔いと思いませんか？［拍手］

ロス　質問です。「ヴォネガットさんは以前、リーのことを生まれついての作家だと語っていましたが、ご自身も生まれついての作家だったという実感はありますか？」

カート　どうかな。そうですね、そう思います。だって、生まれついての音楽家もいれば、生まれついてのチェスプレイヤーもいる。どんなことでもそう。学校では、わたしよりずっと速く走れる人がいた。わたしは、ほとんどの人よりうまく文章を書くことができた。だから、そう、わたしはラッキーなんだ。

ジョゼフ・ヘラーとわたしは、最近、作家として恥ずべき告白をした。わたしたちはふたりとも比較的しあわせな子ども時代を過ごしたんだが（笑）、これは作家の出発点としてはまったくふさわしくない。［長い笑い］

きみはどうだい、リー？　まあ、よけいなお世話だけど。

リー　うん、まあ、しあわせでしたよ。わたしにはしあわせだった。怒っていたけど。でも、同時にしあわせだった。

カート　それはわかる。

リー　わたしは満足していなかった。もしかしたら、それがひと役買ったのかもしれません。

でもね、若いころに何度か書こうとしたことがあるけど、なにかについて書いたことはなかった。言葉遊びは好きだったし、本を読むのも好きだった。でも、自分が知っていることについてはいっさい書かなかった。スパイとか、宇宙旅行とか、自分が知らないことばかり書いていたし、登場人物も自分となんの関係もない人間ばかりだった。だから、運がよければいつか本になるかもしれない書き出しがトランクいっぱいストックしてあるんです。

カート　文章を書く上でのちょっとしたヒントがほしいですか？［場内笑］

リー　もちろんです。

つまりほら、あっちこっちぶつかるのが楽しかったんですよ。わたしにとっては発見する喜びがあった。自分がなにをしているのか知りたくないっていうか。

このページをどうやって埋めようかとあれこれ考えるのがとても楽しかったし、それから、これはもう金輪際なにも思いつかないと確信したとき、ビンゴ！　なにかが起こる。神さまと握手するような感じ。じっと座って、自分がやろうとしていることができるだろうかと思い悩んで過ごした時間に対して、ほんとうに大きな見返りがあるんです。

カート　さっきもいったけど、神が存在する証拠だね。もちろん彫刻家の場合は、自分の手をだれかが使っている、でなければこんなことできるわけがないと思っている。とにかく、芸術は、それを実践する人にとって、すばらしくいいものなんです。

リー　せっかく来ていただいたので、おうかがいしたいことがあります。プライベートで話したいと思っていたのですが、なかなか機会がありませんでした。そこで、ひとつだけお訊きします。（笑）執筆中、まるで口述された文章を書きとっているような状態になることはありますか？

カート　おお、それについてはちょっと考えてみないと。うん、ある意味ではイエスだね。そのイメージはいままで考えたことがなかった。うん、そうかもしれないね。すごく運がいい気がする。まただ。こんなこと自分にできるはずがない。だれかほかの人間が書いている。わたしの体を使って口述筆記してるみたいな。でもまた、ああ、とんでもない駄文を書いてしまった、ほとんどの部分は、出版しなくてさいわいだったと思う。でも、じっさいあったよ。三時間か四時間、あるいはまる一日書いて、「これは最低だな」と……。そんな経験はある?

リー もちろんです(笑)。引き出しの中には、ほかにも二種類の『グランドセントラル駅・冬』がありますよ。

ロス ちょうどいいオチがついたところで、では、このへんで終わりにしましょうか。カート・ヴォネガットさん、リー・ストリンガーさん、お越しいただきありがとうございました。本は、『グランドセントラル駅・冬』と『タイムクエイク』です。

[非常に長い拍手]

聴衆から聞こえる声 ありがとう……え、なに? そうなんですか? やあ。もう一回? 最高でしたよ! うん! ええ、そうです。ぼくの本、受けとっていただけました?……ええ、そうです。息子もです。はい。えっ、なんですか?

カート　ああ、われわれもそうだよ。ふたりとも。

リー　その意味するところは？　おお……蠍座は荒れ狂う！

カート　それに、山ほど秘密を抱えている。そうだろ？

聴衆の声　まったくです。そのとおり。ええ、どうぞ。人生を楽しんで。

リー　秘密といえば、「病の重さは抱えている秘密の重さ次第」ということわざを聞いたことがある。まったくそのとおり。

聴衆の声　ヴォネガットさん、新作を書く予定はありますか？　もう一冊本を書くつもりですか？

カート　わたしはいま……ねえ、リー、きみはいま何歳だっけ？　四十二歳？

リー　四十七歳です。

カート　四十七歳？　わたしは彼の二倍の年齢だ。なのにまだ本を書けって？

聴衆の声　訊いてみたかっただけです。だって、ヴォネガットさんは前にいってましたから。『タイムクエイク』が最後の――

カート　いや、まだこれから、単行本未収録の短篇を集めた本が出るんだ。それが最後の本になる。その本に新しい序文を書くよ……

第二の会話

（編集部より――一九九九年一月初旬、カート・ヴォネガット、リー・ストリンガー、ロス・クラヴァン、ダニエル・サイモンは、ニューヨーク・シティのレストラン、カフェ・ド・パリで昼食をともにした。四人は、もっとプライベートな席で、煙草をくゆらせながら、トークイベントで語った話題のつづきに花を咲かせた。このときの会話は、よりダークで、よりシリアスな方向に進んだが、大きな問題について話し合う試みは本質的に楽観的な営みであるという意味において、より希望に満ちたものでもあった）

ロス　おふたりの作品を読んでいると――あるいは、おふたりと話していると――なんだか頭がよくなったような気がします。それと反対に、たとえば新聞を読んでいると、頭が悪くなったような気がして、無力感に囚われる。それについてなにかひとこといただけますか？

カート　ふむ。わたしたちふたりは、自分が書いたものを書くように生まれついた——経済的には神の助けがあった。自分たちでファイン・チューニングするためにできることはたいしてなかった。（トム・）クランシーとか、それができる作家もいるだろうけどね。でも、わたしたちは自分が書いたものを書くべき運命にあり、運よく世間に知られるようになった。

リー　わたしの場合、『グランドセントラル駅・冬』が出版されたあと、ちゃんとすじが通ったものを書くのに苦労した。それは、朗読会で読者からたくさん質問されたせいだと気がついた。そういう質問のあとでは、答えを出そう、結論を導こうとしはじめるんです。文章を書くという行為は、少なくともわたしにとっては、質問から——答えを出そうとすることから——生まれるんだと気がついた。文章を書くプロセスは、読者が道すじを追えるようなかたちで答えを出す助けになる。わたしの作品を読んで頭がよくなったような気になるとしたら、そのせいかもしれない。わたしの場合、すでに知っていることを文章に書いて読者に伝えるんじゃなくて、自分も読者といっしょに旅をしているから。

カート　たしかに。でも、きみがきみのような人間で、運がよかった。

リー　そうですか？

カート　きみは読者に罪悪感《ギルト・トリップ》を与えたりしないから。

リー　たしかに。それはそうですね。

カート　だって、この人はこの本を読む必要なんかないんだから。きみは、「このバカ野郎ども、これがおれたちの路上生活の実態だ！　さあ、なにをしてくれる？」なんていったりしない。

リー　ああ、なるほど。

カート　もしかしたら、そういうことをする作家もいるかもしれない。でも、きみはそんなことはしなかった。なぜなら、きみはきみのような人間だから。

リー　毎日、地下鉄で〈ストリート・ニューズ〉を売ってましたからね。三分ごとにだれかがやってきて、自分たちがいかに犠牲になっているかを訴える……。

ロス　リーは二冊目、三冊目の本を書くという課題に直面していますが、カートさんからなにかアドバイスや助言はありますか？

カート　［リーに向かって］書く必要なんかないよ。

リー　なるほど……（笑）。

カート　いや、ほんとに。

リー　［まだ笑いながら］書く必要はないと。

カート　うん。いや、でも本心だよ。

リー　そうなんだ。

カート　それで解放されるかもしれない。そうすれば、自分が書きたければ書く——書きたければね。二冊目を書きたくない？　書けるかどうかわからないんだから。

リー　とてもおもしろい考えですね。

ロス　いいですね。NBAのフィル・ジャクソン監督（当時はシカゴ・ブルズを率いていた）を思い出しました。一昨年、ぐんぐん調子を上げてきたインディアナがプレーオフを制しそうだったとき、フィル・ジャクソンはチームにこういったんです。「われわれは負けるかもしれない」。あれはとても重要な言葉だった。

リー　いまのわたしにとってなにが問題だと自分で思ってるかわかりますか？　知るべきではないことを、いまは知ってるんです。そのあとのことを知っている。バーンズ&ノーブルがどう対応するか、オプラ（・ウィンフリー）がどう反応するか、書店が手前の目立つ平台に置くものと置かないものはどう違うか。最初の本のときでさえ、(書くことは)邪魔になるものを除外するプロセスだった。だから、オプラのことやマーケットのことを考えるのはいやなんだ。そんなことが頭の中にあってはいけない。

カート そうならないことを祈るよ。

リー ええ。でも……でも、忍び込んでくるんです。それを追い払うのが仕事の一部です。

カート じゃあ、いまなら……いくらで体を売る? 売春のほうが楽だよ。

リー そうだなあ。もっと若いうちなら……もっといい体だったら!(笑) つまり、そんなに意識してるってわけじゃないんですが……以前、ある人にいわれたんです。「読者なんかクソくらえ。書きたいものを書けばいい」って。でも、わたしにとって、書くことは会話なんです。だれかと話をしていなきゃいけない。

カート いいかい、きみはもう、自分が生まれつき読者と会話できることを知っている。

だから、それを学ぶ必要はない。不誠実な本を書いたら、読者に見透かされてしまう。『人形の谷間』を書いたジャクリーヌ・スーザンのような大衆作家を例にとろう。彼女はわたしたちの同僚だったが、彼女の本が売れたのは、読者が彼女の本心を理解できたからだ。

リー　なるほど。

カート　不誠実で計算された本を書くすべは（彼女には）なかった。すべての作家がすべきなのは、一冊の本を書くこと。きみはそれを書いた。ところで、いまきみは何歳だっけ？

リー　ああっと……四十八歳です。

カート　中世なら死んでるよ！

リー　ええ、そのとおりです。そうでしょう、そうでしょう。

カート　そしてフランソワ・ヴィヨンの名声は、千行の詩によってこんにちまで生き延びている。

リー　はあ。

カート　そういうこと。

リー　つまり、「勝っているうちに切り上げろ」と。

カート　いやいや、「勝っているうちに切り上げろ」といってるんじゃない。つまり、きみはもう責任を果たしたんだよ！

リー　はあ。

カート　わたしはこういってるだけだよ。きみはもうじゅうぶんやったんだから——

リー　だれにもなんの借りもないけど——

カート　もうじゅうぶんやった、うん。

リー　いいですね、それ。その台詞を使わせてもらおうかな。

ロス　もちろん、この対談が活字になるときには、こうなってますよ。「書きつづけろ、リー！　あきらめるな」（笑）

カート　わたしの一冊めと二冊めの間隔は十年だった。

リー　ほう！

カート　そのころ、ニューヨークで開かれたカクテルパーティーに出た。ある編集者と話していたら、「いまなにを書いてるんですか？」と訊かれて、それに答えた。口から答えがどんどんあふれだしたんだ。『タイタンの妖女』の内容が。それがわたしの二冊めの本だった。ただ、やってきた。玄関ベルが鳴るみたいにね。ジリリリリリリと。

リー そのときにぱっと思いついたんですか？ それともその本は――

カート その十年のあいだに、ずっと調理されてたんだ、「こめかみを叩きながら」この中でね。

リー まさしく！ いまはその気持ちがよくわかります。じっさい、いちばん最後にやるのが、コンピュータの前に座ること……それが最終段階じゃないかな。ほかのことぜんぶが、その前に済んでなきゃいけない。

ロス 「作家が明かすべきでない真実があるとしたら、なんだと思いますか？」

カート そうだなあ。やっぱり、いいブラインドデートの場合といっしょだね……ブラインドデートでなにを話す？ 「じつのところ、今夜はすごく不安で……自信がなくて……

仲よくなれますかね?」とか、そんなことはいわないでしょ。

ロス　書くことは、人前で話すこととおなじですか?

カート　部分的にはね。読者をいかにつなぎとめるかという問題だ。彼らはいつでも去っていけるわけだから。

リー　うーん、わたしにはむずかしい質問ですね。まだわからない。もう少し書いてみないと……

カート　だれもきみのことなんか気にしないよ。気にするのは本の中身だ。

リー　でも、さっきの質問については……作家がなにを明かすべきで、なにを明かすべきでないか……

カート　それは政治の話になる……かつて、もし自分がゲイなら、それがバレそうな箇所をすべて削除するような時代があった。なぜなら、ゲイが嫌われていたから。読者がどんなにいやなやつだとしても、読者に嫌われたくはないでしょう。

リー　まあ、それはそうですね。

カート　でも、もうそんなことは考えなくていい。

リー　本の内容によるでしょうね。ある本では、自分の声を気にして明かさないようなことも、べつの本では明かすことができる。そういうことじゃないでしょうか。

カート　フィクションの話、それともジャーナリズムの話？

リー　質問には、とくに指定されていませんでしたが。

カート　そうだねえ。片方ではすべてを明かし——

ロス　それはどっちですか？

カート　ジャーナリズムでは。

フィクションの場合は、マジシャンになるようなものだね。女性をほんとうに空中浮揚させるわけじゃないから、読者に対してフェアではない（笑）。

フィリップ・ロスの長篇『ゴーストライター』では、アンネ・フランクは生き残るべきだった。なぜなら、それが実験の本質だから。最後までやりきるべきだった。でも、ロスは読者を裏切って、物語をだめにした。

スリックマガジンのために短篇を書いているとき――長篇にもいえることだけど――わたしは、どうやって小説を終わらせればいいのかわからなかった。そしたら、わたしのエージェントがこういった。「そんなの簡単だ。主人公が馬に乗って夕陽に向かって去っていくんだよ」

アンネ・フランクもそうするべきだった。きっと美しい結末になっただろう。もしアンネ・フランクを死なせなかったら、いまでもみんなあの本のことを話題にしていただろう。

あるとき、自分がいま書いている本について、ある男と話をしていた。それは、アルジャー・ヒス（アメリカの弁護士。フランクリン・ルーズベルト大統領の側近だったが、ソ連のスパイとして活動していたとされる）に関する本だったんだが、そしたらそのとき、そこに［と指をさして］ヒス本人が座っていたんだよ。わたしはそれに気づかなかった。そしてついこのあいだ、弁護士のマーティン・ガーバスと同席したとき、ヒスに関する話になったんだが、ふたりとも、これまでだれに対しても一度もいったことがない見方で意見が一致した。たしかにヒスは、ほんの少しソ連に情報を流したが、それはその時代の武勇伝の一部だった、と。でも、そんな意見は明かしたくないよね。

わたしも進化論とは折り合いが悪いが、そんなことだれにもいわないよ（笑）。

リー　明かさないことのひとつというわけですね。

カート　まあ、それが政治ってもんだね。

ロス　「良心的な個人として、作家が社会的な問題に対して持つべき正しいスタンスというのはあるんでしょうか？」

カート　善良な市民としてのありかたには、むかしからずっと関心がある。善良な市民であることがいかに重要であるかについて、インディアナポリスの学校時代、公民の授業で習ったからね。善良な市民であることの一環として、わたしの場合、正しかろうがまちがっていようが、戦争に行くことになる。まちがっていると重々わかっていても、ベトナムにも行っただろうね。

リー　グレッグ［活動家、出版人のグレッグ・ルッジェーロ］にはじめて会ったとき、「きみは活動家か？」と訊かれて、ちょっと口ごもったんですよ。そしたら彼は、がっかりした顔をして去っていった。でも、そのあと、ふと思ったんです。人びとがデモ行進に参加するとしたら、それより前に、貧困や戦争について報道する人たちがいたはずだった、と。……行動の前に、疑問があるはずです。わたしはただ、疑問と遊んでいるほうが楽しいんです。

ロス　「もしわたしたちがよりよい世界に住んでいたら、あるいはいまの世界がもうちょっと恢復するとしたら、それは作家たちにインスピレーションを与えると思いますか？」

カート　きっと楽しいだろうと思うね。その場合、わたしたちは、未開の大陸の端っこにいる建国の父たちのようなものだからね。ちなみに、権利章典はそこから生まれた。

リー　世界が恢復するという考えはわたしには理解できませんが、問題はこういうことです。パーク・アベニューについて、ほんとうになにか書けるのか？　わたしはいま、郊外の真ん中に住んでいますが、たしかにそれが可能であってほしいと思います。いまは個人的なことを書くほうが楽なので。でも、世界の状況は、わたしに関するかぎり、つねに個人的なことに関係しています。大きな物差しをあてて見ていますが、じっさいは個人的なことなんです。

ロス　「今日の、あるいは明日の小説のテーマとしてふさわしいのはなんでしょうか？」

カート　人類学者だからというのも理由のひとつだが、わたしは、ドイツの壁を壊して、ふたつの文化が混ざり合うところが書きたい。東ドイツの工場は効率が悪いという理由で閉鎖され、失業率が四〇パーセントにも達している。板張りされた工場の新しい経営者は西ドイツにいる。それにたぶん、アメリカにも。まったく呆れた話だが、これは、インディアンからティピーを奪い去るみたいなもんだよ。

人類学者が真っ先に東ドイツに入るべきだったんだ。わたしなら、「この工場はほんとうに非効率なのか？」と問いかけるね。西ドイツにとって、いまできるいちばん安上がりなことは、東ドイツの工場が操業しつづけられるように力を貸すことだ。社会福祉サービスが介入して家をなくした人びとに住む場所を提供するかわりに、スキンヘッドが街にあふれるかわりに、とにもかくにも彼らがずっと働いてきた工場がそのままそこで操業しているだけでいい。

ロス　リーはどうですか？

リー　プロットやシナリオはないんですが、くりかえし頭に浮かぶテーマがふたつあって。ひとつは、前にもいった、「病の重さは抱えている秘密の重さ次第」。この考えかたが好きなんです。もうひとつは、「地獄の扉は内側から施錠されている」。どちらもわたし自身が考えついたコンセプトではありませんが、耳にした瞬間、心に響いたんです。小説にするにはどうしたらいいのか、まだわかりませんが……。それに、その小説がどんな顔になるのかも。……つまり、ほとんどの人は、天国に行きたいという思いよりも、地獄に行きたくないという思いのほうが強いんです。だから、その観点から考えると……。

カート　「ストームフィールド船長の天国訪問記抄*」を読んだことはある?

ロス　なんですか、それは?

カート　マーク・トウェインが最晩年に書いた本のひとつ。題名の船長はミシシッピ川の水先案内人なんだが、とうとう死んで、ええっと、天国に行く。するとハープを渡されて……

リー　ああ、思い出しました。

カート　雲の上に座って、「で、どうなってる?」という。ふむ、これからパレードがあるんだな。よし、パレードを見にいこう。そしてパレードがはじまると、人びとが順々に行進していく。アブラハム、イエス、ムハンマド、そしてそのうしろにはシェイクスピアや、あらゆる時代の偉大な文豪たち。それから、たったひとりで行進している小男がいる。ほかの面々はだれなのかわかったが、ストームフィールドには、この小男がだれなのかわからない。まわりにたずねてみたところ、史上最高の作家であることが判明した。彼はテネシー州に住むユダヤ人の仕立て屋で、書いたものはすべてトランクにしまっていた。ある夜、荒くれ者たちがこの男をおもちゃにして遊んでやろうと考えた。タールや羽をつけ、横木の上に載せて町の外へと運び、面白半分に溝に投げ込んだ。そして彼は肺炎で死んだ。妻は夫を憎み、夫のことを恥じて、トランクを燃やした。

＊＊＊

リー　わたしたちが思い描く天国は、つねに自分たちの手が届かない場所です。そこには素敵なものがいっぱいあるけれど、その素敵なものにわたしたちは興味がない……そうすることによって、わたしたちは地獄というコンセプトに閉じ込もっていられる。それが核心だと思いますね。その線を引くことが。

カート　よし、リー、きみは死んだ。

リー　はい。

カート　そして、こんな選択肢が与えられる。永遠に眠りたいか、それとも地上に帰りたいか？

リー　ああ、なるほど。

カート　で、どうする？

リー　まあ、その質問には答えられますが、わたしはそれが天国と――

カート　ほらほら、［笑いながら］さっさとくたばれ！

リー　地獄みたいなものだとは思いません。

ダン（ダニエル・サイモン）　ハムレットみたいですね。

リー　地獄は永遠です。地獄はいつまでもついてまわる。

ダン　夢は見られるんですか？　夢を見られるなら、寝ます。でなければ、もちろん地上に帰りますよ。

カート　なるほど、それはいい。そんな質問は思いつかなかったよ。いい答えだ。

リー　もし天国が睡眠だとすれば――そんなことはまだだれも証明してませんが――うーん、だったら地上にもどりたいかもしれない。でも、それだけのことです。天国が空白の、永遠の眠りだと仮定することは、自分を地獄に閉じ込めておく方法のひとつになる。

カート　わたしはそれでまったくＯＫだけどね。

リー　永遠の眠りで？

カート　うん。

リー　なるほど。

カート　眠るのがほんとに好きだから(笑)。

リー　おお！　わたしも眠るのが好きです。目を覚まさなきゃいけないときはとくに、眠るのが好きですね。

カート　いや、でも彼は、正しい答えを導き出したんだよ。わたしはほんとうに夢を見ることを頼りにしていた。そしてそれが……

リー　それなら、自分で夢を選ばないと。

カート　いや、見るがままに受け入れるよ。ほんとうに悪い夢はじっさい見たことがない。きみはある？

リー　ええ、悪い夢を見たことはありますよ。最近はあんまり見ませんが……以前は、いまにも墜落しそうな飛行機のコックピットの中にいる夢を何度もくりかえし見ました。いまにも墜落するのがわかっていて、ずっと揺れつづけて……。

＊＊＊

カート　一度も訊いたことがなかったが、リー、きみはどんな教育を受けてきたんだい？

リー　ハイスクールだけです。でも、いい学校でしたよ。

カート　わたしの場合もおなじだ。ハイスクール時代はよかった。そこからあとはすべてノイズだ。

＊＊＊

＊　あのテネシー生まれの仕立屋のビリングズって男は、ホメロスやシェイクスピアではとても足元にも

及ばんような立派な詩を書いたんだが、誰もそれを印刷にしてくれる者もなければ、隣近所の、詩なんておよそ分からない連中よりほか、およそ読んでくれる人もいない。しかも隣人たちときたら、読んで笑い出す始末だった。村中の者が酔っ払って浮かれ騒いだり、ダンスを踊ったりする時には、いつでもこの男を引っぱり出しちゃ、キャベツの葉の冠をかぶせ、それにうやうやしく敬礼するといったフザケたことをやる。ある晩、この男が体の具合が悪くて、ろくなものも食わず、ほとんど飢え死にしかけている時に、村人たちはよってたかって彼を外に連れ出して冠をかぶせ、横木に乗せて、ナベを叩いたり、わめいたりしながら村中ねり歩いた。だから、この男、夜が明けないうちに死んじまった。男は死んだら天国へ行けるなんて思ってもみなかった。ましてや、自分のことで天国が大騒ぎしてくれるなどとは夢にも思わなかった。(中略)

まあ、とにかく、ビリングズさんは何十万年に一度という最高の歓迎を受けた(中略)。シェイクスピアはあのテネシーの仕立屋の前を後ろ向きで進み、この人の歩く道を飾るために花をちらすのだよ。またホメロスは宴会の席上では、この人の後ろに立って給仕役をつとめたんだ。(中略)地球に伝言できるように、あのくだらん心霊術とやらにも、多少役に立つところがあるといいんだが。そうなると、あのテネシーの村じゃ、ビリングズさんのために記念碑を立て、彼の署名はサタンのよりも高く売れる筈だが。

(マーク・トウェイン「ストームフィールド船長の天国訪問記抄」勝浦吉雄訳より)

訳者あとがき

大森 望

カート・ヴォネガット（Kurt Vonnegut）が、米国インディアナ州インディアナポリスでこの世に生を享《う》けたのは、いまから百年ちょっと前、一九二二年十一月十一日のこと。この日は、第一次世界大戦休戦記念日（Armistice Day）にあたる。ヴォネガットは後年、平和を記念するこの日に生まれたことを誇りに思うようになったという（第二次世界大戦後、アメリカでは「復員軍人の日」と呼び名が改まり、連邦政府の定める祝日となっている）。

話のついでに、ごく簡単に経歴を紹介すると、ヴォネガットは一九四三年、コーネル大学を中退して陸軍に入隊。ドイツ軍の捕虜となり、ドレスデンの収容所で連合軍による無差別攻撃を経験する。帰国後はシカゴ大学人類学部で文化人類学を専攻。四七年、大学院を中退してゼネラル・エレクトリック社に入社し、ニューヨーク州スケネクタディの本社で広報担当として働くかたわら小説を書く。一九五〇年、SF短篇「バーンハウス効果に関する報告書」で作家デビュー。翌年には勤めを辞めて専業作家となり、一九五二年に第一長篇『プレイヤー・ピアノ』を刊行。以後、生涯で十四冊の長篇小説と五十篇足らずの短篇小説を発表し、二〇〇七年四月十一日、ニューヨーク・シティのマンハッタン区で世を去った。八十四歳だった。

早いもので、それからもう十六年あまり。生誕百周年を迎えたいまも、その人気は衰えない。ヴォネガットが残した小説やエッセイは、生前未発表だった原稿も含めて没後に次々と書籍化され、そのほとんどが邦訳されている。早川書房からは『カート・ヴォネガット全短篇』がハードカバー四巻本で翻訳刊行され、〈SFマガジン〉二〇二二年十二月号では「カート・ヴォネガット生誕100年記念特集」が組まれた。海外の現代作家の中では、おそらくもっとも日本人に愛されているひとりだろう。

……と、すっかり前置きが長くなったが、本書『キヴォーキアン先生、あなたに神のお恵みを』は、実在した物故者二十人（プラス自作の登場人物であるキルゴア・トラウト）にヴォネガット自身が取材した架空インタビュー集 *God Bless You, Dr. Kevorkian* の全訳。後半に、作家リー・ストリンガーとの対談 *Like Shaking Hands with God: A Conversation*

About Writing の全訳を併録した。原書は、どちらもセヴン・ストーリーズ・プレスから、一九九九年に別々の単行本として刊行されているので、性格の異なる二冊の合本ということになる。

前半部にあたる「キヴォーキアン先生、あなたに神のお恵みを」のほうは、序文にもあるとおり、もともとは、ニューヨーク・シティの公共放送局、WNYCの番組で一九九八年に放送されたもの（番組と番組のあいだに入る、九十秒程度の尺のブリッジ番組だったらしい）。その放送台本にヴォネガットが手を入れて書籍化された。

WNYCは、一九二二年に設立されたニューヨークでもっとも古いラジオ局のひとつ。ヴォネガットはWNYCのプロデューサーであるマーティ・ゴールデンソーンとともに「あの世リポート」(Reports on the Afterlife) と題する番組を企画・制作。WNYCの〝「死後の世界」リポーター〟として天国の門のすぐ手前まで赴き、有名無名とりまぜた多くの故人たちにインタビューした。もっとも、この世とあの世をつなぐ青いトンネルの向こうに録音機器は持ち込めない（という設定）ので、実際に放送されたのはヴォネガットによるリポート（事実上は、本書のもとになった放送台本の朗読）ということになる。

そのうち一部の音源——三十秒から百二十秒程度のクリップが十六本ある——は、ウェブ上にあるWNYCのアーカイブで、“Kurt Vonnegut: WNYC Reporter on the Afterlife” として公開されているので、興味のある方はぜひ検索して聴いてみてほしい。
死者たちに取材するための手段が、キヴォーキアン医師によって開発された制御臨死体験テクノロジーであり、それを実施する場所が、〝死刑の街〟として有名なテキサス州ハンツヴィルの致死注射施設（死刑執行施設）だというのがヴォネガットらしいところ。
ジャック・キヴォーキアン（一九二八～二〇一一年）は、積極的安楽死の熱心な支持者として知られた病理医。「死ぬことは犯罪ではない」と主張し、末期の患者が医師の助けを借りて安楽死する権利を唱道した。一九八九年にはタナトロンと名づけた自殺装置を開発。多くの末期患者の尊厳死を幇助して、〝死の医師《ドクター・デス》〟の異名をとる。ＷＮＹＣでヴォネガットの「あの世リポート」が放送されていた一九九八年十一月二十二日には、ＣＢＳのドキュメンタリー番組『60ミニッツ』で安楽死処置の模様を録画したテープがオンエアされ、全米で大きな論議を呼んだ。「キヴォーキアン先生、あなたに神のお恵みを」最終章にもあるとおり、その直後、キヴォーキアン医師は殺人罪などで起訴され、翌年、実刑判決を受けた。日本でも、著書 *Prescription Medicide* が翻訳刊行されている（『死を処方する』松田和也訳、青土社）
作中でしばしばニューヨーク・タイムズの追悼記事が引用されているように、ヴォネガットがインタビューする相手には、一九九八年から九九年にかけて世を去った人物が多く、日本ではちょっと考えられないくらい現実に密着した、ある意味きわめてジャーナリスティックな企画だったと言えるかもしれない。愛犬を救おうとして心臓発作で死んだ人、アボリジニの人権のために戦ったバーナム・バーナム、アメリカ社会党の大物、全米気球連盟の創立者、マーティン・ルーサー・キング殺害の犯人とされる人物……。

歴史上の人物では、奴隷制度廃止運動家のジョン・ブラウン（作中に出てくる歌は、その後、替え歌の「ジョン・ブラウンの赤ちゃん」として広まり、日本では「ごんべさんの赤ちゃん」として、あるいはヨドバシカメラのCMソングとして有名）や、モンキー裁判で有名な弁護士クラレンス・ダロウなど、アメリカ社会にとって重要な役割を果たした人物が何人か選ばれている。

題名は、もちろん、自身の長篇『ローズウォーターさん、あなたに神のお恵みを』（*God Bless You, Mr. Rosewater*）が下敷き。あの世へと通じる青いトンネルは、一九八五年の長篇『ガラパゴスの箱舟』にも登場している。

この ***God Bless You, Dr. Kevorkian*** の一部（「まえがき」と、アドルフ・ヒトラー、アイザック・ニュートン、ウィリアム・シェイクスピア、メアリ・シェリー、キルゴア・トラウト、アイザック・アシモフが登場する章）は、浅倉久志氏の翻訳により、「キヴォーキアン先生、あなたに神のお恵みを」のタイトルで、新潮社の雑誌〈yom yom〉の創刊号

(二〇〇六年十二月刊)に掲載された。
今回、それら既訳部分のあいだを埋めるようなかたちで未訳部分を大森が訳出した。このユニークな物故者インタビュー集がはじめて書籍のかたちで、まるごと日本語で読んでいただけるようになったことを喜びたい。

本書の後半にあたる「神さまと握手」は、ニューヨークの書店で行われたヴォネガットとストリンガーの公開トークイベントの採録。対談相手のリー・ストリンガーは、一九五一年、ブロンクスの北にある小さな街で生まれた。ハイスクール卒業後、テレビのニュースカメラマンを皮切りにさまざまな職業を転々としたのち、一九八五年、マンハッタンで路上生活者となる。それ以降の十二年間の体験をさまざまな角度から書いた『グランドセントラル駅・冬』が一九九八年に出版されると、たちまちメディアの脚光を浴び、玄人筋にも注目され、アメリカのみならずカナダやイギリスでもベストセラーになった。カート・ヴォネガットも同書を絶賛したひとり。『グランドセントラル駅・冬』を出版し、リー・ストリンガーを世に出したセヴン・ストーリーズ・プレスの社主ダニエル・サイモンが、両者の対談を企画。まったくバックグラウンドの違う二人が創作について語り合う書店イベントが実現した。ざっくばらんな雰囲気の対談で、ヴォネガットのまたべつの一面が垣間見える。

このイベントでは、それぞれの新刊（ストリンガーの『グランドセントラル駅・冬』と、ヴォネガットの『タイムクエイク』）の一部が朗読されるコーナーがあり、本書にはその朗読もそのまま収められている。前者については、中川五郎氏の快諾を得て、文藝春秋版の訳文を（中川氏のチェックのうえで）そのまま使わせていただいた。『タイムクエイク』の翻訳は、もちろん、ハヤカワ文庫ＳＦの浅倉久志氏の翻訳を使用した。また、マーク・トウェイン「ストームフィールド船長の天国訪問記抄」からの引用については、『マーク・トウェイン短編全集（上）』（文化書房博文社）に収録された勝浦吉雄氏の訳文をお借りした。記して感謝する。

以上、二冊の原書を一冊にまとめたひと粒で二度おいしい本書を楽しんでいただければさいわいです。

二〇二三年四月

訳者略歴
浅倉久志《あさくらひさし》
1930年生，大阪外国語大学卒，英米文学翻訳家　訳書『タイタンの妖女』カート・ヴォネガット，『輝くもの天より墜ち』ジェイムズ・ティプトリー・ジュニア（以上早川書房刊）他多数
大森《おおもり》　望《のぞみ》
1961年生，京都大学文学部卒，翻訳家・書評家　訳書『はい、チーズ』カート・ヴォネガット，『ブラックアウト』コニー・ウィリス（早川書房刊）他多数

キヴォーキアン先生《せんせい》、あなたに神《かみ》のお恵《めぐ》みを

2023年5月20日　初版印刷
2023年5月25日　初版発行

著　者　カート・ヴォネガット
訳　者　浅倉久志《あさくらひさし》・大森望《おおもりのぞみ》
発行者　早　川　　浩

発行所　株式会社　早川書房
東京都千代田区神田多町2－2
電話　03-3252-3111
振替　00160-3-47799
https://www.hayakawa-online.co.jp

印刷所　株式会社亨有堂印刷所
製本所　大口製本印刷株式会社

定価はカバーに表示してあります
ISBN978-4-15-210238-6 C0097
Printed and bound in Japan
乱丁・落丁本は小社制作部宛お送り下さい。
送料小社負担にてお取りかえいたします。

カート・ヴォネガットの名作

タイタンの妖女
浅倉久志訳

富も記憶も奪われ、太陽系を流浪させられるコンスタントと人類の究極の運命とは……？

猫のゆりかご
伊藤典夫訳

シニカルなユーモアにみちた文章で描かれる奇妙な登場人物たちが綾なす世界の終末劇。

スローターハウス5
伊藤典夫訳

主人公ビリーが経験する、けいれん的時間旅行を軸に、明らかにされる歴史のアイロニー

ハヤカワ文庫